在春深

春种一棵树

经典文库编委会◎编

河海大學出版社
HOHAI UNIVERSITY PRESS
·南京·

图书在版编目（CIP）数据

在春深．春种一棵树 / 经典文库编委会编．-- 南京：河海大学出版社，2020.1
（二十一世纪中国作家经典文库）
ISBN 978-7-5630-5968-3

Ⅰ．①在… Ⅱ．①经… Ⅲ．①散文集－中国－当代 Ⅳ．①I267

中国版本图书馆 CIP 数据核字（2019）第 096750 号

丛 书 名 / 二十一世纪中国作家经典文库
书　　名 / 在春深——春种一棵树
书　　号 / ISBN 978-7-5630-5968-3
责任编辑 / 毛积孝
特约编辑 / 李　路　韩玉龙
特约校对 / 黎　红
封面设计 / 仙　境
版式设计 / 刘昌凤
出版发行 / 河海大学出版社
地　　址 / 南京市西康路 1 号（邮编：210098）
电　　话 / （025）83722833（营销部）
　　　　 / （025）83737852（总编室）
经　　销 / 全国新华书店
印　　刷 / 三河市元兴印务有限公司
开　　本 / 880 毫米 ×1230 毫米　1/32
印　　张 / 7.25
字　　数 / 118 千字
版　　次 / 2020 年 1 月第 1 版
印　　次 / 2020 年 1 月第 1 次印刷
定　　价 / 59.80 元

目录

Contents

第一辑

春风十里

第二辑

夏云薄暮

第三辑

秋水长天

第四辑

雪兆丰年

第一辑

春风十里

大地飞歌——惊蛰

张静

今日，惊蛰。窗外，一点声响都没有，很安静，安静到让人忽略了一个新节气的降临。我真有点儿意外。原本我想着，惊蛰时，天空会有一声雷，噼里啪啦的，把冬眠的生灵唤醒。我这样的想法，应该属于窄长范畴吧？何况天空之下，大地之上，很多有生命的东西睡了长长的一觉，也该睁开眼了。

其实，我的担心是多余的。即便没有雷声，春天早已在蠢蠢欲动。你看，先听见春天脚步的，应该是校园里的小鸟，它们仰着脖子，抖着翅膀，在树木、云间飞来飞去，叽叽喳喳地呼唤春天。

气温依然忽冷忽热，起伏不定。不过，到了午后，寒气散尽，阳光暖暖地照着，院子里的草木一个个开始试探着，张望着，露出一点点鹅黄的、柔柔的芽叶。它们如此小心，定然是怕一不留神遇到飘忽不定的倒春寒而早早夭折在通往春天的路上。

槐树，粗壮的枝干，或横卧，或歪斜，一枝一枝，黑压压地戳向蓝天。无风时，它的身体是僵硬的，带着几分枯死的面容；风来，它很不安分地将枝条摇摆几下，之后又沉寂不动了，但又似乎在阳光下安静地等待。对了，现在还不是它抽芽的时节，再等等，四月发芽，五月开花，一树洁白的花儿缀满树，香气冲天，想来都是美好的。

在乡下，惊蛰时，麦苗已经返青，像父辈们敞着的胸膛。那绵延的、一望无际的绿，衬得人心里痒痒的；山沟里，一串串羊蹄子印儿，深深浅浅，歪歪扭扭，从杂乱的荒草间，伸向远方；午饭后，村头的打麦场，阳光满满，两头耕牛、一对公鸡和母鸡，耳鬓厮磨在一起，打情骂俏。二爷路过时，随手拿起一只木棍扔过去，将它们戳开，嘴里自言自语，这春天来了，牲口也发情了，骚情得很。

和惊蛰一起的，还有枝头埋藏的春意，悄无声息又蓬蓬勃勃。你瞧，惊蛰后，那些杏树、桃树、梨树的枝头，干瘪了一冬的花苞悄悄萌动。尤其是杏树枝头的芽苞最张扬，像一粒粒毛茸茸的豆子。农历二月的风吹过，粉粉的、鼓鼓的苞芽在风中摇曳着，让人心生无边遐思。

菜园里，四伯佝偻着身子，正在撒草木灰，准备种豆。四伯不识字，但却懂得，这些五谷杂粮，待一个个下种子的时候，终归还是喜凉怕热的。父亲也是如此。他们这种经验，书本上没有，是从老辈那里得来的。比如说，惊蛰时分，别看早晚气温低，地里冻土未完全开，可就该点扁豆了，用他们的话说，扁豆属于慢性子，须深埋在土里，慢慢地捂出芽。而那豌豆，就不一样了，猴急的，见梨花满天，自然捂不住了，下种，正是时候，迟了，贻误农时，秧子再好，也没收成。

“春雷惊百虫”，村里老人一直这样说。惊蛰过后，天气一日日暖和起来，一个冬天蛰伏在土壤里的“老包虫”活动频繁了，不消灭，待那家伙一只只钻出来，上了麦子和油菜的身子，将庄稼叶子啃得跟出了天花似的，可就遭殃了。

那个时候，农药很少，村里大多数人家都是用手捉，大人小孩都去捉。我们小孩子白天上学，捉“老包虫”只能等下午放学后夕阳西下时。伙伴们回家先放下书包，啃几块馍馍，喝几口井水，兜里揣着各式各样的瓶子，手里举着长长短短的杨柳枝，连呼带叫、蹦蹦跳跳地往地里去了。身体弱的，带个小瓶，拿个小铁钩，只到村子北边的坡地里捉。运气好，还能逮着“红媳妇”“金金牛”“大傻碰”等，大家兴奋得手舞足蹈，忘乎所以。待回家时往往已到掌灯时分，公鸡母鸡们都已进入梦乡了。第二天早早起来，打开鸡窝，抢着喂鸡。娘说，鸡吃了这些有营养的害虫，我们就有双黄蛋吃了。

要说的是，“老包虫”的细腿特有劲儿，攥在手心痒得厉害，不攥紧又会从手指缝里钻出来。我清晰地记得，自己捉得最多的叫“小黑媳妇”。偶尔，也会捉到“金金牛”。“金金牛”比黄豆粒大一些，翅壳滑滑的，亮晶晶的，在太阳下闪着光。这漂亮的“金金牛”，村南的油菜地里最多，男人、女人散落着，一边捉虫一边口无遮拦地调侃，笑声传出老远，许是苦中作乐吧！

后来，田地里使用了农药，地头、路边的树木多被砍伐，“老包虫”已难觅其踪。从早到晚和土地、庄稼无间亲昵的，依然是如四伯和父亲一般的老辈们，村里的年轻人，种庄稼都用机器，翻地、下种、施肥、打药、收割，全部机械化，种得干脆利索，轻轻松松。至于杂粮，没几个会娴熟地侍弄其生长的。四伯和父亲的技艺，眼看就要失传了，他俩每每从地里出来，碰上了，话里都在怪自己的儿孙后辈，不敬土地，糊弄土地，布满褶皱的额头，满是失落和无奈。或许，只有他们懂得，惊蛰过后，春光无限好，又有谁舍得，睡在这么好的春光里?

翁昭三月

刘燕成

出小城开州东门十来公里，沿着山势拐弯下行，绕完几座苍茫的山峦，便看见一湾清亮的河，河水悠悠荡荡，却并不是惊魂动魄的流势，是缓缓地，翻过一道道礁石。它们时而沉寂，时而又轻轻地荡生出几缕浪花。不远处，一些光着小屁股的山娃，趴在河床边缘清洗着卵石，还有那一排排鱼鹰和白鹤，它们站在岸边，啄弄着油亮泛光的羽翼。河两岸的村庄，就是翁昭。

三月的翁昭，美丽动人。只见那润软的春风，轻轻地拂过耳际，拂过那宽敞繁华的新街，拂过乐旺河那清朗白净的柔波，拂过那倒映在柔波里雄浑壮丽的翁昭大桥，拂过布依儿女的欢声笑语。许多春天的故事，大抵也开始在这春风里发芽了罢！

心总是痒痒的，随着风，随着那一江温暖的波光，萦绕着翁昭的过去和未来。且不说过去的翁昭是怎样的富饶与久远，看看乐旺河畔那一岭岭竞相开放的油菜园，看看那一群群挺胸昂扬笑容满面的翁昭人，听听那一曲曲不知从何家窗口跌宕而来的布依酒歌，我敢肯定，翁昭自古就是一个欢乐的王国。

这个三月，翁昭在蓄积着腾飞的力量，而乐旺河却是沉静着的，它的宁静越发教我的心灵渐渐走向安定，走向平和。还有那些从河岸的松林里斜斜地泼洒而下的阳光，它们滴在我那潮湿的记忆里，一丝丝，一缕缕，温暖着每一个踏春者那蠢蠢欲动的心，也温暖着美丽的翁昭。

我是在这个三月阳光里读到了翁昭的未来的。未来的翁昭将比此时此刻的翁昭更加妖娆和丰盈，她是围绕着一座湖滩腾飞的山鹰，是隐身于开州东郊一颗辉煌灿烂的高原明珠，只有那一湾清碧的乐旺河，她将化作一个神奇的谜，载入新翁昭的美好明天。

直到某年某月，当我轻轻地翻开翁昭那沧远的记忆，当我数着膝下的岁月慢慢地思索那些遥远的故事，当我只能徘徊于纸间寻觅我们的翁昭，我一定会想起这个三月，想起这个三月的阳光，想起这条阳光下静静地流淌着的河流，想起河流两岸的村庄和村庄里的酒歌。

满院春光

张冬娇

仿佛是突然间，春天就来了。

在一个晴好的晌午，一大片阳光透过窗户映在对面的墙壁上，明媚得有点耀眼，我和同事几乎是同时朝窗外望去。呀，满院春色，流光溢彩，果然是春天来了。

也难怪，今年立春比较早，还在寒冬腊月呢，总觉得冬天还没过完。如今，无须盼望，春天忽地来了，给人们一个惊喜。

大院门口的行人，外套的扣子已经松开，有的干脆褪去抱在怀里。春风暖阳里，猛吸一口，空气里是饱满的水分子，是初春的气息。人的心情无端地好起来了，彼此相视一笑，一脸春天的模样，“咦，春天就来了呢。”“是的呢，这个暖冬不知不觉就过去了。”聊天群里，有人唱起来了“寒冷的冬天哟也早已过去，愿春色铺满你的心……”

这个时候的人，多亲切多慈祥。

不知何时，花池旁的那株红梅，已悄悄打苞，默默绽放了。朵朵红梅缀在枝间，远远望去，一树彤云，一树流霞，只惹得行人驻足、痴望、默叹。然而，它并不张扬，疏影横斜，含蓄典雅，像一古典女子，娉娉婷婷，举手投足间，自有无限风情。

小径旁边，两棵高大的木莲树，一棵打满了桃形的苞，另一棵已在树冠开满了大朵白色的花，一树白花啊，如遗世独立的北方佳人，不食人间烟火。每一朵花就是一张笑脸，无数的笑脸聚在树冠，一笑倾城，再笑倾国，那笑也是超凡脱俗的。

几片象牙白的木莲花瓣，落在身下墨绿的四季桂叶间。路过的人循着木莲花瓣，才发现密密的枝丫间，藏着无数淡黄色的小花。可是，即便发现了，也少有人欣赏。而四季桂呢，并不在意这些。你留意或不留意，它依旧开得欢快而执着，在自己的世界里美好着。

紧接着，梨树就要开花了，桃树也要开花了，油菜花早已鼓足了劲儿，蓬蓬勃勃地开始了，一场接一场的花事，赶趟儿似的。记得去年，几天阴雨后，花池边的那棵樱花树，突然开满了白花，纯洁得晶莹，可惜只惊喜几下，就不见了。又几棵茶树，开几朵红花，在肥叶里。春天就是这样，一惊一乍，但又不动声色，隐蔽得就像一场暗恋，明明动心了，明明喜欢得不行了，可是，脸上是冷冷的安静的凛冽。

所以，春天，要去寻，去找。我绕着院子慢慢溜达，寻寻觅觅。鸟儿渐渐多了，在几棵高大的樟树里叽叽喳喳。几只不知名的鸟儿，就在我身旁的樟树枝丫间，“呱呱呱”地闹得正欢，我拨开浓密的枝叶，探头瞧去，它们立即从扑闹中分开，落在枝丫上，“呱呱”了两声，静下来了，好像在说，嗨，别闹了，有人来了。

我忍不住笑了，偏要盯着它们看，静默了几秒钟，它们终是按捺不住，一起飞到另一棵树上去了。

阳光在它们身上，闪闪烁烁。

阳光也在树叶上、枯草间流动着、跳跃着。沉睡的泥土苏醒了，一个连着一个地呵欠，呵欠里是一阵一阵的清香。沉睡的树木苏醒了，不断伸展腰身，“咔嚓，咔嚓”的骨节声不时响起，尤其是密集的女贞树。沉睡的草苏醒了，看得到枯草根下的嫩芽，不久，就将是一个新绿的世界，等待与期盼，也是欢欣鼓舞的。嫩芽下面呢，蚂蚁、瓢虫、蚯蚓都苏醒了吧？

春天，从上到下，从里到外，其实是无处不在的。

不用找，不用寻了，满院子都是春天，就在眼前、耳边、鼻端。我回到办公室，坐在窗前，阳光就携着一窗的绿照亮了我的办公室，啾啾鸟语入耳，点点翠绿映目，阵阵清香盈鼻。于是我拿起笔，摊开纸，一一记下这些好时光。一分一秒，一点一滴，安宁祥和。仿佛觉得，自己也在抽薹发芽，慢慢开成一枝花或长成一抹新绿。

一个春天的晌午

张冬娇

近春分的一个晌午，连绵了十几天的雨终于停了。

天空放晴，春意盎然。

我和琼走在公园里的小径上。

四围树木参天，疏朗的枝叶间已着上点点翠绿。路旁一排樱花树，枯枝间缀了粉红，轻盈得像点点彤云，在我们身边轻轻移过去。叽叽喳喳，一声声一串串的鸟鸣，银铃般地从头顶流泻下来。我们感觉是在一个巨大的音乐网中漫步、闲游。

琼俯身对着花草，抬头冲着树木，或

抱着一棵树的树干，兴奋地喊着，你们好可爱哟，我好喜欢你们，我好爱你们啊。

荷儿，相信吗？我发出的是正能量，这些树木花草石头，它们能感觉到的，是的，它们一定能感觉到的。

也许旁人并不理解她的言行，甚至觉得异类。

然而我会心地笑了。

我们每个人都活在自己的世界里，但我和琼与身边的花草树木石头等，彼此理解并懂得。

同样，在她身边，我也会旁若无人，无拘无束。

是的，我们喜欢孤独，喜欢寂寞，喜欢宅在家里，让心平静，让心丰盈，心地清净便是我们最大的幸福。即便是两人相约，由于磁场相同，也不会扰乱彼此的心绪。

公园里有不少长凳，琼说喜欢草地里的石头，想坐在它们身边，零距离接触。

草地里有不少白色的花，间有淡黄，高高低低、星星点点地开得很谦逊、很随和。

一只鸟儿停在我们面前，头顶罩一撮黑毛，绒绒的，像戴着一顶黑帽子。又一只飞来了，它们在草丛里寻觅啄食。

林子里的鸟鸣声更悦耳了，缤纷的乐音，雨点似的洒下来，把我们淋个湿透。

风一阵一阵地拂过来，水分饱满，让人无比舒畅。四围的树叶发出“呼啦啦——呼啦啦——”之声，一切自然之音都有着不染纤尘的洁净，闻之，令人忘我。

有很长一段时间，我们静静地坐在石头上，什么也不说，内心里有深层次的愉悦。

春色促人狂

张冬娇

这个无雪的冬天，使得立春后的气候异常寒冷。这正应了那句古话，暖冬之后必有春寒。

天气似乎跟人们开着玩笑，连续十几天的降雨，麻痹着人们的神经，总以为还是冬天呢。白天，只要透过窗户瞥见外面瑟瑟的万物，便会安然地坐在火炉边，闲闲地摊开最适合在冬天阅读的经典名著，在淅淅沥沥的雨声里让思想随着文字纵向深入。

可是突然有一天，天色放晴，叽叽喳

喳的鸟儿早早地闹醒了你，你向窗帘一瞥，有点晃眼的光线令你心中一惊。

阳光已经有了分量，反射在白色墙壁间格外亮眼，折射在窗前樟树叶面上也不再柔和。操场上、田野里，都着上了遥看近却无的烟绿，春天在你的不经意间悄无声息地来了。

明媚的春光，耀眼的新绿，昭示着某种朝气蓬勃。一瞬间，许多珍时惜春的名言警句在一瞬间全袭上心头。“一寸光阴一寸金，寸金难买寸光阴。”“有花堪折直须折，莫待无花空折枝。”……

思绪一下子紧张起来了。

寒假从学校借来的名著还只翻了个大概，计划看完的几本书正静静地躺在书柜里，心里汹涌着的一些文字也无暇着手。越钻越觉得像无底洞般，新课程理念、教材教法，仍在那里等着你去钻研。

究竟要怎样才能与时间同步？把时间一小时一小时地分割，再一分一秒地争夺？可这似乎正应了丰子恺的时间分割理论，光阴去得更匆匆了。常常是厚厚的一本书还只浏览了个前言，拟好的文字只开了个头，这切割好的时间便瞬间即逝。没切割的时间也在无止境的买菜、洗衣做饭、上网、闲聊，还有那么多的尘事烦扰中空落落地逝去了。

“惜春常怕花开早，何况落红无数。”在我的患得患失中，时间又从身边溜走了。这可怎么办才好?

又是几声春雷，几场降雨，天空再次放晴。阳光已经灼人，人们已经着上单衣，露出了胳膊腿儿。在泥沙里嬉戏的孩子们也脱去了棉袄，红扑扑的小脸上沁出细细汗珠。路边，一树一树的桃花梨花，连着花坛里丛丛的杜鹃花，亮得耀眼。空旷的田野里，树叶涂抹着这个季节的梦幻：鹅黄、嫩绿、青亮、苍翠。春光好得让人惊慌失措。

十年前，以为三十岁是那么遥远，面对百花，也会花枝招展地打扮自己。我会毫不吝啬地把青春一次次地消磨在舞厅里。十年后的今天，我觉得四十岁就在眼前，属于自己的时间越来越少。我会贪恋唐诗宋词元曲的风情万种，总在清晨梳头或傍晚散步那一刻，一首首一阕阕一曲曲反复品味。我贪恋那么多的名著，它们深刻而渺远的思想会像清泉一般汩汩流过心田。

十年后的今天，我捧了书本，坐在校园的后山上，感受身边花草树木的生机盎然，我会懊悔伤感。

许多个梦里，我在大汗淋漓地跑着，前方是漫无边际的森林，我永远地跑着、跑着，我不知道我要到哪里去，我对着那无止境的森林大声哭喊着什么，呼啸的山风里有我的泪滴滑落。

……

春寒料峭三月天

张冬娇

暖冬过后必有春寒，这是大自然的平衡法则。

去冬，丽日暖阳，气温少见波折，一路安稳。立春后，又连续十几日的晴好天气，时序都乱了。各种花儿争相绽放，油菜花仿佛也听到了号令，齐刷刷地提前十几天盛放在田野间，灿烂在蓝天下。一时，菜花、草籽花、萝卜花也开放了，风和日丽，草长莺飞，江南一派大好春色。不料到了三月，突地一日变脸，气温下降十几摄氏度，天空淅淅沥沥地飘起了雨，这一下就是二十多天。天空整日愁云密布，展不开的眉头，舒不开的容颜。雨停停下下，下下停停，扯不断，理还乱。

朱自清描述春雨“像牛毛，像花针，密密地斜织着”，韩愈也说“天街小雨润如酥”，的确，春雨就是这个样子。它细、柔、润、轻，在天空中，洋洋洒洒，随风潜入，润物无声。撑把伞，在雨中慢慢地行走，风是凉的，空气是新鲜的，眼里都是春红柳绿，心也是浪漫旖旎的。雨也并不一味轻柔，它是率性的，也是不合逻辑的，下着下着，大滴大滴的雨“啪嗒啪嗒”地来了。又忽而大雨倾盆，全世界都包裹在它哗啦啦的声音里。这天籁般的声音，有着镇静剂的作用，让人温暖自在又心安。这样的时光，待在屋里，看书、写字或舞蹈，都是一种专注安详的享受。

长长的雨季，气温持续低迷，人们蹲在家里，裹足不出。虽说“吹面不寒杨柳风”，那是指风里水分充足，不似霜风割面。春天，吹面不寒却冻入骨头，所谓“春冻骨头秋冻肉”。也因此，比起冬天来，人们更真切地体味到棉衣的暖，那是一种贴心的渗入骨子里的暖。这个阴雨天气里，我几乎天天裹着长及脚踝的大红棉衣，那种轻柔的棉暖一贴身，心里总会升起对尘世的感恩。寂静的夜里，窗外雨潺潺，冷风一拨一拨从窗户游荡进来，此时，钻进厚厚的棉被里，只觉身心无处不妥帖，无处不舒畅，然后，枕着潺潺的雨声，安静地进入梦乡。

二十多天的阴雨天气，人们安详在潺潺的雨声里，时光似乎停滞不前，思绪也跟着停滞不前，日子能这样静静流过，也是好的。然而，春天依旧按照它的习性走走停停退退，终究还是朝前走了。“小楼一夜听春雨，深巷明朝卖杏花。”杏花、桃花、梨花、紫荆花等各种花儿在氤氲的雨气里相继盛放。油菜花已次第落去，只剩下三两点点缀在顶端；蚕豆花完全谢了，已结着扁扁的荚，蚕豆豌豆也已上了市。茶花依旧开得正盛，从去年冬天开始，一大朵一大朵色彩艳丽的花儿，总也开不败，开不厌。即便开败了，也要恋恋不舍，然后整朵整朵地掉下来。最遗憾的要算樱花了，往年一开花，总有震撼人心的美，而如今连绵的雨掩盖了它不食人间烟火之气和云霞般的灿烂，可它不顾这些，依旧应期而至，开花然后谢去。其实所有的花都是如此，不管有人欣赏也好，无人欣赏也好，都是遵循着自性，完成它生命的绝唱。

“暮春三月，江南草长，杂花生树，群莺乱飞。”阴雨天气里，草儿渐渐长齐，青得逼人的眼。院子里的樟树换了一身新绿，块块翠绿伸向空中，又是一个全新的世界。好友从乡下带来一包艾叶糍粑，看那晶莹剔透的绿，心头一暖。可以想象，在乡下，田间地头，山间坎上，到处都是艾叶生机勃勃的身影了。

“春寒料峭三月天，乍暖犹还寒。风似剪刀雨潺潺，春意正阑珊。”花褪草已长，绿肥红已瘦，果然是春意正阑珊。

春上寻茶

朱晓剑

茶之于四川人的生活，岂止是开门七件事之一，而是生活重要的组成部分。不过，像成都这样，爱茶惜茶的可真不多见。前不久，跟几位茶人一同走上湖南新化的天门乡，探寻高山寒茶的隐秘。

起初，我以为这只是在寒地里生长的茶。到了那里以后，才发现茶树生长在近一千五百米的地方，环境可谓恶劣，等到采春季茶时，天还很冷，甚至出现冰中茶叶的状况。

茶生长在山坳里，一片片，尚不成整片的规模。看上去气势虽小，却颇得茶树之风姿。且不说成片的茶园看不见，即便是茶树丛生的地方，绿意中所泛出的气象，依然有冬季的境况了。

在山间行走，看看茶树，蛮有诗意。收藏家薛冰先生捡起一块块有意思的石头，茶人许石林看见茶园的边上，种着几种菜蔬，忍不住拍起了照片，书画鉴赏家曹鹏则走访一家农户，一位八十二岁的老先生，住在杉树皮盖的房子里，看上去破旧且贫困……如此的观察，即可看出茶叶生存的现状，以及周遭的环境，也真是多少感知到茶中滋味。

晚上，在茶园吃着五加皮炖鸡、腊肉、野菜，喝着自家酿造的米酒，月亮升起来，星星也亮相了，如此美景，真是让人感叹，似乎连空气也都清新了几许。几个朋友喝着绿茶、红茶，天南海北地神聊。电话没有信号，刚好脱离一下俗世里的种种烦心事，琐事统统抛在脑后，似乎时光在这里静止了。

说起来，每次去不同的茶山有不同的收获，比如去神农架寻茶和云南茶山行，都能看到不同的茶风景。一杯茶，煮出了人间的幸福或故事，这不是电视里的《茶颂》，也不是所谓的《茶叶战争》。在月下品茗，似乎找见了诗意，年年岁岁茶相似，到底是各有风景与个性，如此沉淀出的茶的趣味也就各有千秋。

寒茶的历史也不过是十数年的光景，却因其味道独特而行走江湖，几与安化黑茶齐名。晚上，泡上一杯茶，围着火炉夜话，有唱闽南山歌的，有唱秦腔的，热闹非凡，静寂似乎于此做了最好的注脚了。春天里，能有这份闲情，有几分难得。在都市里生活，常常会有一种无所事事的感觉，那种迷茫，却又有几分焦虑在，如此，日子每天过着看似平静，实则是有着波涛汹涌——逆袭，是代替了一种生活趣味的改变，犹如这种休闲。

第二天，晨雾慢慢散去，阳光灿烂，在山间漫步，清泉、树木、石块……在自然中呼吸，有清冽之感。这是在都市里从未有过的经验。似乎平日的咳嗽也减轻了些许，这种恢复方式似乎也迎合了养生哲学。不过，在我看来，这只不过随着环境的变化，我们的身体所出现的正常反应罢了。

我的朋友曾说：“过正常人的生活。”但这似是当下的难题，每天都有许多事需要去面对，如此，心力交瘁就成为必然，亚健康也就成了常态。可这是正常人的生活吗？仔细想来，似乎不是。所谓正常人的生活，不外乎是除了工作之外，还有空喝茶、有空玩乐吧。这想法看似简单，却又有点奢侈。

春上寻茶，在我却是寻找心中的风景，打望一番，不至于迷失在都市里。在成都，固然喝茶成趣，却又有几分真滋味在呢？似乎也难以计数得出来——都市里的漫游者，我注定难以做到，这就如同城市的快速扩张，让记忆变得凌乱。而喝一杯茶，就是在整理这种思绪，在简单中做到断舍离，如此就能掌握住生活中的方向吧。

春分茶记

朱晓剑

春分，又逢二月二。几位朋友约在郭家桥下的茶园聚会。

坐车先至章灵寺，车站名虽为章灵寺，却非是其旧址。然后步行至郭家桥正街，先去那家旧书店看看，时间太匆忙，选了一套艺术家阿年主编的《四川画家小传》，三册，精装本。六十元拿下。近段时间关注成都艺术圈的旧事，这类书不容错过。

步行至锦江边，原来这里的一条小河

加了盖，找不见踪迹了。昔年读书的一处厂房已成一片废墟，或许不久就有新建筑生长。曾经的岁月还有几多刻痕？

然后大家谈成都艺术圈趣闻。我拿出几册淘来的书，话题自然引到阿年先生的旧事上来。说来，成都的艺术家有不少靠自己打拼，混出一片天地，而有的艺术家在“成功”之后，不再精进，自然就落伍了，昙花一现而已。活到老、学到老，艺术才能生命力永在。

有一友带来一包今年的新茶，是竹叶青筛下来的碎粒，看上去不大好，却十分够味。我将花茶换成这茶，味觉自然大不同。徐老师讲起 1949 年之后的事，如何查茶馆的贪污，以及卖汤圆的偷税漏税。真是见证一个时代的荒诞。

阳光灿烂，茶园旁边的树木，盛开如许鲜花，河的对岸是垂柳泛绿，喝茶的人是越来越多。唐老师带来江苹先生藏的《张大千敦煌壁画展览特辑》复印件。从文章中可以看出展览的盛况。

陈长安现在武侯祠美术馆工作，他摆起了祖父的故事，以及唐昌镇的人文风情。我只见过一册与唐昌相关的书，故所知不多。但就是那些未知的故事，听来亦有味，且可广见闻矣。

坐到五点钟，约着下次再会，随后各自散去。春天的阳光，依然照在锦江边上。如许的茶会，看似漫谈，却有着不同的人生况味，一如季节的转换。

春天的气息

张儒学

当人们还停留在丝丝寒意中，春天就悄悄地来了。在那不经意间，春天就像一个顽皮的小家伙，从日历表上欢快地“蹦”了出来，让人们的眼前一亮，心里一下子就变得热乎乎的，脸颊顿时变得红红的，梦境中充满着无尽的向往，眉宇间流露出无限的喜悦之情，高兴地说一声：“啊，又是春天了！”

北宋诗人秦观在《春日》诗中写道：“一夕轻雷落万丝，霁光浮瓦碧参差。有情芍药含春泪，无力蔷薇卧晓枝。”于是，初春便被一场细细的小雨，浸润得有滋有味，描绘得有色有声。瞧，那雨后的庭院，在晨雾薄笼中，也充满着春的灵气；那静卧的蔷薇，在白雾清露中，也满含春的柔情，变得娇艳妩媚。

春天，就这样存放在人们的心底里，萌芽在人们的想象中。人们在相互的问候中，每一句话里都充满着春天的气息，每一个微笑中，都绽放着春天的美丽。那院前光秃秃的树梢上，嫩嫩的新芽似乎正在一个劲儿地往上冒；那解冻的河面上，似乎又飘荡出淳朴而浑厚的歌声；那一条条弯曲的小道上，又开始晃动着奔忙的身影……

那沉睡了一冬的水田里，农人打着牛走过，一行行散发着泥土味的诗句，就从初春那美好的意境里，飘了出来；那弯曲缠绵的乡间小道上，恋人相依相偎，踏青的脚步，在初春那浓浓的气息里，构成浪漫的风景；村口那一条清澈透明的小河边，女人们用爽朗的笑声，将初春描绘得淋漓尽致……那小桥流水旁，那古道芳草边，那宽阔平坦的公路上，那高楼林立的闹市里，都无不留下初春的问候语，留下初春的脚步声……

一个周末，我拒绝了朋友的相邀去周边某风景区游玩，回到乡下老家去。吃了早饭，我准备去山坡上走走，正想下地干活的父亲却说：“坡上的路不好走，还是我陪你去转转吧。”于是，在这暖暖的春阳下，我和父亲沿着老家院前的小路，慢慢地走去那片田野，虽然路边杂草丛生，但那条曾留下祖辈们耕种收获的足迹和撒下我童年欢乐时光的小路，仍是那么的熟悉，透过草丛仍看见小路弯弯曲曲的一直向山顶延伸。父亲说：“这条小路没人走了，几乎荒得没路了。”我说：“那坡上的果园呢，还有人承包吗？”“没有，荒了多年了，因为现在山里人大多出去打工了哟。”

随着父亲的一声长长的叹息，我似乎明白了他对这片土和这坡上的果园那深厚的感情。我们继续往前走，一步一步地在杂草丛生的路上走着。夹着草香和花香的风，在我惊喜的脸上不停地晃来晃去，也让父亲那被风霜吹打得皱巴巴的脸上出现了少有的笑容。

记得小时候，春天，我几乎天天都在“踏青”，早上牵着牛向山坡上走去，青草总是散发出迷人的气息，小鸟在树上翻飞，露珠从树叶尖上滴落的声音特别清脆。牛似乎不懂得感受这春天的气息，而只顾一个劲儿地啃着青青的草，我便与一同放牛的小伙伴在山间奔跑、游玩、打闹……仿佛这山上的树任凭我们攀爬，这山上的石头成了我们的玩具，这山上的花和草时时编织着我们的梦境。

一会儿我们就走到了山坡上，山坡上大片大片的草坪不见了，多年前就变成了果园，这片果园曾经给村里带来了很好的经济效益，后来承包给了一户村民，现在那村民也举家外出打工了，就再没人承包和管理了。那大片大片快老去的橘树被杂草淹没，春天的气息也深深地感染着这些树和草，光秃秃的树上也长出了新叶，青青的草也让这里变得生机盎然。父亲坐在果园旁边，看着果园里的树，叹息不已地说："唉，多好的一片果园呀，如今却荒成这样了，多可惜哟！"我也坐下，不是跟着父亲去感叹，而是悠然自得地看着远处，轻松自然地欣赏着春天的美。

这时的春天，在人们那下地时匆忙的脚步中，在人们那播种时满含希望的笑容里，在人们那出门时充满梦想的目光中，变得羞怯又腼腆，变得抽象又具体，变得含蓄又深沉，变得清新又缠绵。老人坐在宽宽的院坝里，在那暖暖的太阳光下，晾晒着一冬来的微笑；年轻人下到地里，去播撒希望与梦想；正在青春萌动的少男少女，跑去小河边或者山野上，追寻阳光般如醉如痴的梦幻！爽朗的笑声，欢快的歌声，总在山上山下、田块土里回荡着，似乎是在奏响一首春天的交响乐。那缭绕山间的白雾，也笑成了一片金灿灿的阳光；那绕小山村流过的小溪，也一改往日的沉默，而唱起了“泉水叮咚，泉水叮咚响……”的歌儿；那一片沉寂了一冬的原野，也在农人锄头的挥舞中，吟诵着比诗还美，比诗还深刻的“春种一粒粟，秋收万颗籽”的农谚；那躲在林间的小鸟，也在用另一种更加形象、更加含蓄的语言，吟咏着“春眠不觉晓，处处闻啼鸟”或者“春水初生乳燕飞，黄蜂小尾扑花归”的诗句。

或许是昨夜那一场春雨的浸润，或许是今天那灿烂阳光的照耀，到处都是开得绚丽多彩的花朵，红红的樱花、鲜艳的桃花、雪白的李花、金黄的油菜花……到都处飘溢着醉人的馨香。一缕缕花香飘溢，让我为之一振，仿佛远离了喧嚣，找到一片静寂而美丽的心灵栖息地，尽情地陶醉在这三月的美景中。

记得小时候，在春暖花开的阳春三月，我常与小伙伴一起，在那开得十分美丽的花丛中奔跑、打闹，在村前的那片油菜花里游玩、捉迷藏。顽皮的我掐一把黄黄的油菜花瓣，洒在了一个女孩头上和身上，我想她一定要生气的，可她却反而高兴地笑了起来说：“好香，好香的三月哟！”从此，我就记住了她这句话。仿佛我关于她的每一个梦境都有着花的美丽，我每一次在梦里对她的追逐都飘着花的幽香。

尤其是那一大片田里的油菜花，开得金灿烂的，远远看去金黄金黄的一片，在绿色的田块间像一幅黄绿相映、绿水相依的山水画。仿佛天空、房屋、沟渠、树林、山坡、公路都染上了一层金黄色，就连那行色匆匆的人，脸庞也是金黄色的。不远处，一群男孩女孩在油菜花地里玩耍、打闹、追逐，似乎打破了我有点凝固的思绪，猛一转身，一股浓浓的油菜花香，醉了我记忆中那天真烂漫的童年。

我闲坐了一会，眼睛被眼前的鲜花映透着，心灵被这春天的美景点缀着。我站起身，十分惬意地伸了个懒腰，准备离去时，突然又从不远处飘来一股淡淡的、清新的、还夹着汗水味的芳香，我抬眼望去，一个农人正赶着耕牛朝田野奔去，伴着吆喝声粗犷地踏着春的节奏，一铧一铧地犁过沉睡了一冬的田野，田块苏醒了，一缕缕充满着泥土味的芳香，在田野里飘散开去，似乎比花香还要香，比花香还要醉人。

在春天，除了花香，我更喜欢青草那淡淡的香味。虽然青草没有松的挺拔和高傲，没有鲜花的艳丽和芬芳，更没有人在意它的存在，而它却以一种低姿态的方式生存，从来不和任何身边的花朵争宠，不嫌弃土地的贫瘠，也不管是在高山上或悬崖下，在田野里或庄稼苗的夹缝中，甚至在大地上的每一个角落里，它都在默默地生长。正如辛弃疾在《清平乐·村居》中写道："茅檐低小，溪上青青草。"

在众多植物中，青草离泥土最近，最能感受到土地的肥沃。因此，它的血液里流淌着大地的质朴，它的身体里浸透着山里人勤劳的性格，它身上飘浮着庄稼和青菜的馨香。虽然，它的这种朴实得似乎被人遗忘的香味，没有雍容华贵的牡丹那般醉人，没有亭亭玉立的荷花那么淡雅，没有素雅纯洁的兰花那么芬芳，也没有火红娇艳的玫瑰那么浓烈……但它那淡淡的清香，却充满着乡村的气息。

青草的芳香最让牛陶醉，是青青的草养育着一头头像山里人一样能支撑起负重生活的牛，在牛走过的地方总会长出一些青青的草来，在有青草生长的地方也会长出一些庄稼和粮食，就是这些庄稼和粮食喂养着山里人的欢歌和笑语……朴素得跟牛一样忠实于土地的青草，坚强得跟山里人一样一切困难压不倒的青草，不管是在冰雪覆盖中，还是在霜风吹打里，它总是以惊人的生命力，默默地坚守着自己的信念，在来年的春天又焕发出蓬勃生机。

青草就这样默默无闻地以它那独特的方式，不管是在田边土坎或是在山坡空地，它不像花那样尽情地展示自己，而是用一冬储存的力量，一冬积蓄的希望，让自己在这美丽的春天长出青青的梦境般的嫩叶。每一片叶子都浸透着乐观向上的精神，每一片新叶都是一个崭新的开始，每一片叶子都是一个生命的奇迹。正如白居易的《赋得古原草送别》中写的那样："离离原上草，一岁一枯荣，野火烧不尽，春风吹又生。"它从不向人们炫耀，只默默地为大地吐绿，为春天添彩！

好一派迷人的春天景象啊。远处高高耸立的群山，连绵起伏，青松屹立，巨石微露，绿缎铺盖。山间翠竹清秀挺拔，围山而立，生生不息。这种境界仿佛让我回到了充满梦想的读书时光，那时放学后就上坡割牛草，每到这坡上总是喜欢坐在这里，远远地望去，想象着一个偷偷走进心里的姑娘，这时的春天简直就是诗，那山间飘浮的不是雾而是梦。

父亲说："现在村里大多都外出打工，打工当然能挣钱，但在家承包果园也能挣钱呀。"父亲指着山那边说："你看，从小和你一起长大的大狗，在外打工几年后，回家承包了那一片土地，也搞起了农家乐，人家不也照样发财吗？"

这时，我赶忙向那边的山下望去。一层层梯田一层层绿，清风徐来，青青的麦苗，油绿发亮，碧绿的海洋微波荡漾。万绿丛中，盛开着一片金黄金黄的油菜花，鹅黄色的小花，沐浴在春天的阳光里，一簇簇，一片片，金灿灿的，如同绿毯之上铺上一层天然的金粉末儿。我问父亲："那油菜花地，是他承包的吧？"父亲说："就是，他就是利用这一片油菜花地，来招揽生意，每到春天油菜花开了后，来这儿玩的人很多，他的农家乐生意就火起来，你说他这不是在挣钱吗？"

随后，我们又沿着山路去到他的农家乐，只见来这儿玩的人很多，还有的在这儿吃住呢。我走进他这幢崭新的小洋楼，一位姑娘问我是吃还是住，我说我是来找大狗的，她笑了说："你找我们老板呀，他去县城办事了。"原来，这是他在村里请的服务员，我便走出了他的小院，去到了他院前的油菜田边，小心地钻进油菜花丛中，尽情地感受一下留在记忆里的小时候的欢乐，再弯下腰来凑近花朵连吸几口，花粉轻沾，香气扑鼻。

我对父亲说："大狗好像没读多少书，那年他初中毕业后，因家庭困难就辍学去深圳打工了，如今却回乡发展，这条路他走对了，也是为今天的打工仔树立了榜样。"父亲说："是的，凡提起大狗，不知有多少人夸奖他，也有很多人效仿他，本村的李四娃也回家来承包鱼塘养鱼；邻村的田菊花，也回家正在修养鸡场，准备养鸡了哟！"

听父亲这么一说，我感到又惊又喜，惊的是普普通通的打工仔回乡创业的故事，不是只能从电视和报纸上看到，喜的是这些活生生的事实，就在眼前而且就在我的老家。在这暖暖的阳光下，我和父亲沿着美丽的田野走去，那蜿蜒的小河环绕山村而过，撒下一路潺潺的流水声，如一首欢快的山歌点缀着山村。阵阵春风吹来，柳树的绿裙在春风的吹拂下迈动着舞步，精灵般的翠叶娇滴滴，如同一群少女们对镜梳理着柔美的秀发，这一切又让我回想起童年的憧憬和梦境。

此时，我似乎真正地感受到了一股浓浓的春天的气息。

春天听鸟鸣

张清明

春天，是被鸟儿的一声啼鸣叫醒的。

窝在被子里凝神细听，“达令……达令……达令……”抬头看，两只鸟儿歇在防盗网上，这是一只雄鸟的开场白，那只雌鸟憋了好一会儿都没好意思回，尾巴一翘一翘的，雄鸟更加起劲地叽叽喳喳，它们在我家防盗网上谈起了恋爱。

躺在窝里的多多比我还着急，后腿一弹纵起老高，“咚”的一声跳到电脑音箱上，竖起耳朵两眼一刻不眨地盯着窗外，尾巴激动得左摇右摆，无奈被一层玻璃隔着，不然它总要大显身手，表演一场猫抓鸟的游戏。

去郊外漫步，春的迹象已随处可见，玉兰花苞鼓起，披一件毛茸茸的外壳，大多数已开得白花花、红艳艳。贴梗海棠羞红了脸跟绣眼鸟亲吻，小草在脚下瑟瑟发抖，嘴里念着："别踩我，别踩我……"小溪潺潺流淌着，不时有几只山雀来饮水，它们嬉戏，甚至洗澡，还盯住我低声催促："快点，快点……"一只雄鸟戒备着我这只假鸟。

春天里，随时随地都能听见鸟鸣，往往雄鸟的叫声最多，它们以最动听的鸣唱向雌鸟求爱，谁的歌声最美，谁就能最先得到雌鸟青睐。想起托马斯·曼在《死于威尼斯》中的一句话："求爱的人比被爱的人更加神圣，因为神在求爱者那儿，不在被爱者那儿。"也许雄鸟得到神的帮助，所以歌喉最为优美动听。鸟儿跟人类一样，关于爱情，竞争都非常激烈。

我喜欢倾听自然，就像倾听某个人的诉说，一声清脆的鸟鸣让我不由自主地停住脚步，仰头看房檐下、窗户旁、树枝尖，鸟鸣随着枝条颤动，"唧唧，唧唧……"地叫着，像在叫姐姐，姐姐，那只雌鸟"去去，去去……"似姑娘般羞赧，甩尾在头上“嗖”的一下飞去老远，这是小家雀。“铁大娘”一前一后飞来，后面的那只“在哪儿——在哪儿——”问个不停，已经落在树枝上啄着桂花果的这只回道：“这儿——这儿——这儿——”

无意散步到一片菜地，这里行人很少，三五棵黄桷树张扬着它们蓬勃的生机，在阳光下散发着紫红色的光焰。这片地上有些大小不一的香樟，种菜人就在树的间隙里，种下白菜、花菜、豌豆之类的，那些该卖的菜都在春节里卖得所剩无几。

这里是鸟儿的天堂，我老远听见它们清脆婉转的歌声，放慢脚步，猫着腰把自己藏在胡豆花丛中，一些敏感的红嘴小鸟还是被我惊起，叽叽喳喳地扑腾着，吵着要离开的样子。但大多数继续觅食在松软的泥地里，它们唧唧咕咕着，若一只叫几声，必有另一只应和，此起彼伏，许多时候感觉它们的声音像是特别固定的情侣合唱。

比如斑鸠，一只飞得远了，另一只必在四处找寻：“咯咯，咯咯……”远方那只听见了，便回：“哦，哦……”一只黄雀站在不高的香樟树上，嘴里叼着一条虫子，我挺佩服它那么久都不将到嘴的食物咽下，像个绅士在等喜欢拣小便宜的妇人到来。

我一直不敢妄动，悄无声息，尽管胡豆花跟我翻着白眼，野油菜花在身边举着金灿灿的花朵搔首弄姿，但它们引不起我的兴趣，我的注意力被站在香樟树唱歌的另一只“经长睡”所吸引，它喜欢在春天清晨叫醒睡懒觉的人：“经——长睡”后面接着又“啧，啧……”不住地叹息，见无鸟儿搭理后便继续歌唱着。

黄桷树上那些鸟儿一番吵闹，像在商量重大事件，忽而飞过去再飞过来，等它们吵够了，抬头却也看不见几只鸟，再看地上的鸟儿也全不见了，原来树上有鸟站岗呢，它们发现了我这个可疑的敌人！

鸟儿也有不喜欢唱歌的，静若处子。乌鸩喜欢单独觅食，从头到脚全黑，在房后阳沟边、山野堰渠上“啧啧，啧啧……”捉到虫子吃得津津有味，不停地赞叹。我从来没见过乌鸩出双入对，也许它是鸟儿中的修女。

小灰雀飞得很低，它习惯在矮树丛中、田勾地边小心翼翼地游走，尾巴翘翘的，走起来一跳一跳的，在这春日暖阳里惬意着。记得《幼学琼林》里有句话："恩可遍施，乃曰阳春有脚……"我理解的是，春天的那些蓬勃生机被鸟儿四处传播开来。

脚步才踏进公园大门，耳朵就听见像迎宾小姐的声音"来啦——来啦""欢迎——欢迎——"这是白头翁和地麻雀的声音。人多的时候，它们"噗"的一声就不见了踪影。

鸟类中最会唱歌的要数画眉跟黄鹂，黄鹂一身金色羽毛，在枝头上唱得激情澎湃。画眉有很多种，歌声却很相似，婉转而动听，一唱起来就停不下，跟歌唱家似的，不唱完一曲不会罢休。我使尽浑身解数也学不来它流利清脆的歌声，难怪有人说，真挚比技巧更重要，鸟儿有时候比人类唱得好。

失去真挚的人类，永远都唱不出鸟儿般优美的歌声。

第二辑

夏云薄暮

布谷声声

张静

芒种来到的时候，我正蜗居在繁华的小城，属于这个节气的诸多况味，只能靠回忆一点一点捡拾起来了。这种捡拾，有文人笔下“东风染尽三千顷，折鹭飞来无处停”的田园诗意，亦有父辈们经常挂在嘴边的那句“夜来南风起，小麦覆垄黄”的惊喜和陶然，当然，更少不了轱辘碾过的光亮的麦场里那些“芒种前后麦上场，男女老少昼夜忙”的温暖和心酸。

记忆里，芒种一到，田野里的麦穗如

长成的大姑娘，饱满端庄，粒粒丰盈。放眼望去，一望无际的麦浪，像某个画家打翻了黄色的油彩瓶子，一块绿一块黄的，十分热烈奔放。爷爷坐不住了，他钻进后院的柴房，顺手从土墙上拿下闲置了一年的镰刀夹子，擦干净上面的尘土，然后朝着我喊：红红，到厨房给爷爷舀一马勺水，把磨石拿过来，爷爷要磨镰刃！

爷爷说完，仰起头，踮着脚，朝门楣的高台上乱摸一阵，摸出一个塑料袋子，从里面取出几片薄薄的镰刃，坐在地上“嚯嚯”地磨了起来。他一边蘸水精心磨刃，一边时不时地用大拇指来回刮刃口，试探磨的锋利程度。我坐在爷爷身边，专注看着他两只手扶着镰刃，身体很有节奏地顺着磨石来回晃动着。夕阳下，后院，土墙，柴棚，还有这一堆曾经和爷爷寸步不离的农具，构成了一幅静美的乡间水墨图。

芒种的天，火辣辣的，一缕麦子和果香的味道，弥漫在田野和村庄。村子里，房前屋后的空地上，毡片花、打碗花，一朵一朵，一节一节地开出粉红色的花朵，盈盈的，招人喜欢。我家院里北墙根儿的两棵杏树，满树的杏子也跟麦子一样，渐渐由青变黄，到处可见布谷鸟唱着“布谷布谷，算黄算割”，唱得喋喋不休。

我打小就喜欢麦子的味道，晚饭后，会跟着父亲穿到我家麦地里，父亲弯下腰，掐几支麦穗儿，放在手心里，两只手一边不停来回搓，嘴巴还要不停吹，几下过后，麦芒和麦壳就褪掉了，手心里，一小撮儿的麦粒，饱满的，圆圆的，黄澄澄的，瞅着都喜人。父亲眯着眼睛，把麦子放进嘴里，轻轻咀嚼，嘴边溢出白色的汁水出来，然后，自言自语道：嗯，再晒个五六天，就可以下镰了。那会儿，我不大喜欢搓发黄的麦穗儿，专挑殷实饱满又带一点儿绿色的麦穗碾搓，搓出来后，有淡淡的黏甜味道，很好吃的。等再晒两个日头后，麦子彻底黄了，哗啦啦的，在风中摇曳。放学路上，和伙伴们一起蹲在地边，用火烧烤麦穗儿，每每弄得两手都是黑的，连嘴巴上都长了黑胡子似的，伙伴们看看彼此的花猫脸，嬉闹成一团。这一幕虽然过去很久了，但那一份别致的麦香和快乐，却一直让我回味。

麦子黄了，村里的男女老少自然闲不住了，他们天不亮就起来，随便吃上几口，带上水壶和干粮，直奔麦田而去。三夏大忙天的龙口夺食，谁不知道呢？打我记事起，就听见爷爷扯着嗓门用“芒种一到，三夏大忙，秀女下床”的谚语指派叔叔和姑姑们。爷爷的说法不是没有道理，这芒种天气，虽然多数骄阳似火，但还是会遇上阴雨连绵或突如其来的暴雨，得趁着日头好，赶紧将麦子割回来，摊开在麦场里，推着轱辘一圈一圈碾出来，然后及时晾晒，直到装进麦包里才算完事。而且，还得及时腾出茬口，把玉米、大豆、绿豆、红薯、辣椒、西红柿等种进地里。我清晰记得，广袤的田垄上，父亲、母亲和乡亲们，一个个戴着草帽，握着镰刀，驾着车辕，忙得不亦乐乎，那古铜色的脊梁，在炎炎烈日下晃动着，一颗颗豆大的汗珠，顺着他们的脸颊和胸膛滚落在脚下的土地上。

父亲曾是割麦的好手。他一头扎进麦田，弓着腰，左手揽住一大撮麦子，右手挥着镰刀，一道亮光划过，麦子纷纷倒下，一束束整齐地躺在父亲身后。他的脚下，土黄色的蚂蚱满地蹦跶，偶尔，一两只灰野兔惊恐地窜出。很快，一捆麦子割出来了，父亲单膝跪在上面，将镰刀扎进麦捆的屁股，抽出一小束麦秆一分为二，麦穗儿对麦穗儿搭接，拧成一个圈，然后将麦子捆扎好。阳光下，金灿灿的麦捆整整齐齐的，像码好的书，诗意而丰满。待日上三竿时，麦田更是一片热气腾腾，父亲依然忙碌着，他敞开的衣襟、挥舞的镰刀，以及干裂的嘴唇，定格为麦田深处最为动人的一幕。

工作后，由于很多琐事，我很少在芒种时回乡下，偶尔回去发现，芒种时的村子里，明显少了儿时那份繁忙火热的紧张场面。很多人家都给一马平川的一等田里栽上了新品种的桃树和苹果树或者其他经济作物，风吹麦浪的辽阔景象早已不在。即便有种麦子的，也是东一块、西一块的，分布在旱地或者沟边，收割机开进去，几下就搞定了，曾经父辈们不离身的镰刀几乎被束之高阁，我的弟弟，以及村里的年轻人竟然不会使用镰刀，他们对于自己脚下的黄土地那种发自内心的敬畏和精心侍弄程度淡了很多。这一点，父辈们总有些黯然和隐忧，却也深感无奈。

大暑

张静

大暑来临，又适逢暑假，宅居成了无可替代的生活方式。只是，宅居久了，身体和心绪总有一种被禁锢的感觉，通常晚饭后，一袭素衣，去河堤纳凉。

河堤上，晚风习习，粉粉白白的蜀葵开得正欢。关于蜀葵，我再熟悉不过了。早年的乡下，村子的水塘、麦场、房前屋后，一株一株随意散落着，无须照看，无须打理，却能生得茂盛葱郁，蓬蓬勃勃。在我家里，婆更是毫不在意地将它种在后院的羊圈或者门口的粪堆旁边，风儿一吹，一些小颗粒的粪土被刮到花的根部，故而我家的蜀葵因为养分充足，比村里任何一家的都开得茂盛和丰满。

我很喜欢这花儿。每每干完手里的农活后，邀来伙伴，一起扎堆在蜀葵花下，掐一朵喜欢的戴在头上或者手腕处，或用拇指、中指和食指捻成油彩，染指甲、抹腮红，臭美得很，无邪的笑声，银铃一般响起来。偶尔，也夹一朵在书页里当书签，让读书有了几分温馨和浪漫的感觉。

我婆比我还要喜欢这花儿。一有空闲，她总不忘将洗衣服、淘菜剩下的清水倒一些进去；清扫院子时，也会顺便蹲下身子，将蜀葵根部的杂草、柴火清理干净。待蜀葵盛开时，婆只要从旁边经过，再忙再累，都要停下来，凝神注视一番，唇角漾起一抹深深的微笑。显然，在广袤的乡村世界里，这朵朵蜀葵，不但温暖了婆清苦寂寞的岁月，亦缤纷过我单调彷徨的年少时光。

大暑天，我最怀恋的，莫过于家家户户离不开的浆水面。早年，暑热难耐时，乡里人可以不食醋，却少不得浆水，随便走进一户人家灶房，总会看到一大缸酸唧唧的浆水汤搁在案板的一角。制浆水的方法很简单，将芹菜或白菜洗净晾干，倒入煮过面条的清面汤里，发酵六七日，汤水呈乳白色即可。我婆做得更是仔细和讲究，她将凉水倒进锅里，右手持筷左手握一把面，边搅边撒，不清不稠，搅匀烧开，再放点儿醋曲、芹菜之类，舀到一个瓷盆里，放置六七日，俗名“窝浆水”。浆水“窝”好了，油烧开，撒几粒花椒、几片生姜，翻动几下后，舀几勺子浆水倒进去，烧炝一会儿，然后清炒些韭菜，就能变着花样调出浆水鱼、浆水凉粉、浆水面，色香诱人，令人大开胃口。浆水可清热，可消暑，可开胃，那些年的夏天，我婆用浆水做的饭几乎占据了整个夏天。直到现在，我依旧迷恋那股子朴素而爽口的味道。

当然，最开心的还是大暑的夜晚。月光落在树影里，凉风吹在花草上，蛙唱和虫鸣此起彼伏，像是在追赶生命的列车。黄昏时，父辈们从地里回来，匆匆吃完饭，吩咐自家孩子去井边提几桶清凉的井水冲一冲发烫的门石礅或铺着青砖的房檐台，风干后，桌椅板凳或凉席铺地，男女老少围在一起，开始了絮絮叨叨的唠嗑。比如东家长西家短，前世的今生的，都在这寂静的夏夜里久久回荡。一些笑声，一些叹息声，朗朗的，绵软的，和白月光一起，从东家传到西家，从张三家的老槐树移到李四家的泡桐上，绵绵不休。

孩子们坐不住了，哧溜一下从老人怀里钻出来，成群结队地去捉萤火虫。透明的玻璃瓶子里，捉上几十只后，瓶口盖一层棉纱，用橡皮筋箍紧，再加一段线，一根竹竿，便成了一盏小灯笼，明明灭灭的光，在夜里闪烁着，似天上的星星落到人间。也有胆儿更大的，拿着蛇皮袋子和火钳，去田里抓蛇。大暑夜，无毒的草蛇喜欢盘在田埂上，手电筒一照，火钳一夹一抖，往袋子里一扔，便活捉了。碰上心急嘴馋的，等不及明天，即可让腿脚长的跑回麦场里，扯一怀抱的麦秆点燃，烧蛇吃。我怕蛇，不敢靠前，就坐在沟渠边看他们忙活。沟渠里的水，像一面镜子，在白白的月光下，缓缓流动。

大暑天，我爹猪圈里那头黑猪一直“哼哼”地叫着，很烦躁的模样，眼见它闷着头，使劲拱起刺槐木头钉的猪圈门来。我爹自然懂它的用意，立马起身，提一桶拔凉的井水来，拎到猪圈里，三锹两锹挖好了一个坑，“哗”的一声，全部倒在了刚刚挖好的土坑里。那黑猪在坑里拱拱，起初还“吱吱”喝上两口，后来迫不及待地翻滚起来，土坑很快变泥坑，不一会儿，那厮竟然鼾声大作，我爹蹲在圈外，点燃一锅旱烟，惬意又安心地看着。

记得那夜，入睡很晚，有风起，有月明，易安词里“玉枕纱厨，半夜凉初透”的意境，正当时。

依依端午情

张静

周末，正在忙活中，电话响了，是母亲打来的，说再过几日就是端午了，一再叮嘱我不能忘了吃粽子，挂艾叶。电话那头，母亲一遍遍叮咛着，听筒这头，我一声声答应着，仿若一线之隔的牵挂和惦记都揉进这温软的声音里。

母亲说完，轻轻挂了电话。可我的耳边，似乎还留着她老人家温热的气息，一丝丝渗进我的心田。一瞬间，和端午有关的回忆，也风生水起般涌上心头。

记忆里，每一年的端午，天刚蒙蒙亮，

母亲总会让父亲拿镰刀去割一捆艾蒿。青青艾蒿被母亲挂在门闩上，猪圈、牛棚里，到处都是。母亲告诉我，艾蒿可以防蚊虫叮咬、病毒缠身，甚至可以辟邪，保佑一家人无论富裕或贫贱，都能平安健康地活下去。这种念想一直伴着母亲好多年，成为她生命深处最重要的牵绊。

不过，让我最难忘的还是挂香包和拴五色丝线了。小时候，稚嫩单纯的我对大人眼里非常重视的“端午三宝”所蕴含的意思还不大明白。不过，那五颜六色、各式各样的香包和戴在手腕或脚踝处的一串串五彩绳，却成为曾经幼小的我心头难以按捺的向往呢！直到现在我还清晰地记得：那个时候，无论再忙再累，母亲都要放下手中的活儿，用织布时剩下的花丝线头和裁剪衣服后留下的碎花布，给我们姊妹三人做香包。

老屋的小院，是中华人民共和国成立前那种又窄又深的小庭院，母亲搬来几把旧椅子，坐上去咯吱响。我和妹妹一起围在靠墙角的那棵老枣树下。农历五月的风轻轻拂过母亲年轻娟秀的脸庞，一颗颗黄豆大小的小枣簌簌而下，偶有几片迟开的枣花跌落在母亲眉间和发丝上。母亲满脸微笑，神情安宁而平和，那模样很美很温柔。母亲的针线活做得娴熟而轻巧，她左手拿着碎花布，右手握着一把老式剪刀，低下头很专注地不停忙活着。不一会儿，那一片片碎花布在母亲手里跟变戏法似的成了活泼乖巧的花鸟虫草。样子雏形出来了，聪慧的母亲就用绣花线在上面绣出溜圆眼、红粉唇，再配上五彩斑斓的羽毛或玲珑活现的尾巴，好看极了。

香包做好了，装香包的原料必不可少。还好，村西头的老中医和爷爷是至交，他平日里碾药材剩下的菖蒲、麝香、牛黄、香附等余物会让爷爷串门时拿回来一些。奶奶把它们收集起来用塑料袋包好扎紧，然后放在瓦罐里贮存好。等做香包时拿出来，用勺子一点点装进去，再用大红的蕾丝线锁边，完整的香包做好啦。最后，香包被母亲缝在我们的鞋子尖头上、衣服肩下五六厘米处，满身都是香包的味道呢！通常我的衣服上、鞋子上多半缝的是小猪头，噘着嘴巴俏皮而活泛地跳跃着，惹来同伴羡慕的眼神。那份在当时独一无二的炫耀和骄傲，让我觉得自己就是世界上最美丽的公主！

要说的是，花丝线不是现成的，母亲做起来并不容易。她要把红黄绿蓝等不同颜色的线拆成一股股，相互错开搭配成最好看的花色，在腿上捻成一整条，截成合适的尺寸，两头扎成蝴蝶结挂在脖子上、手腕上、脚踝上，先给我们试戴一下。她歪着头细细看半天，觉得还不太满意，又忽而想起什么似的，自己急急进屋翻箱倒柜好一阵，找出她当年的嫁妆，从上面取下几个彩色珠子或是几片亮晶晶的金属扣，拴在花线绳的两头，我戴着走起路来，浑身上下叮当悦耳呢。

我是早产儿，小时候体弱多病，这种香包和花线绳伴我直到十几岁。有一年我实在有些不好意思，母亲还是硬箍着给我戴上了，还说，有啥害羞的，驱邪避毒才是主要的，你这瘦猴丫，乖乖戴上，省得病恹恹的，让全家人为你一次次地揪心！

后来，日子渐渐好了，北方也有吃粽子的习俗了。包粽子，江米最好，黏而香气浓郁。然而，那个时候，生活在北方的我们，想要吃到南方的米，除非狠下心来奢侈一回。让我感动的是，每每端午的前几日里，母亲就留心那些走村串乡的米商贩，但凡听到村里有叫卖声传来，母亲总会撂下手边的活儿，急忙跑出去瞅瞅。碰上了，一斤糯米，要用好几斤玉米或麦子才能换到，那颗粒饱满、似珍珠般的糯米，生生换走了父母沉甸甸的勤劳和艰辛。我印象很深的是，母亲站在大门口，围裙里包着白生生的糯米，脸上挂满美滋滋的笑容。这一幕，何其温暖，又何其辛酸！

北方少水，粽叶也是很难得的，多是用苇叶代替。芦苇叶，细长窄面，很脆，沟底的河塘或水渠边到处都是。母亲将芦苇叶子采回家洗干净，小心地叠在一起，用清水泡一夜，防止包的时候裂开漏米。第二天，吃完早饭母亲就和婶娘们坐在一起开始忙活了，她们每人舀上一勺糯米，一双灵巧的手随意地翻转着卷几下，一只只棱角分明的菱形粽子就出来了。而后，再用一根棉线缠绕起来捆扎结实，下到锅里大火旺烧半小时，随后小火慢慢温着，过一会儿，就有一股子清甜的香味，慢慢渗出来。

三十多年过去了，曾经年轻美丽、清秀善良的母亲和婶娘们都已老去，一个个额头布满了皱纹，耳鬓之间的白发，似霜染了一般。可是，每到端午时，给儿孙们包粽子、挂艾叶、缝香包的习惯依然丝毫未变。这些带着父辈们美好祝愿的物件，即使过了一年又一年的时光、一程又一程的山水，都沉淀在我的记忆里，不曾轻易抹去。如今，又见粽叶青青，又闻粽子飘香，那苇叶粽子里捆扎着包裹着的不正是母亲盈盈的爱、浓浓的情？它将会一直相伴于我心底，永不褪色。

南龙夏韵

刘燕成

在开阳南龙镇，不知不觉地，夏天浓烈的绿意竟然悄悄浮荡在南贡河上了。幽蓝的波涛里，游鱼已经闻到了夏日翻滚而来的暖流，自由自在的精灵们，慢条斯理地拍打着鳃子，它们趁着那轮火红的朝阳还未跳出海平面之际，早早地聚拢到了河岸浅水的草丛里，那清澈的河流是最好不过的天堂了。

河那岸，错落有致的苗家小寨，渐渐传来了早起人家开门推窗的声响。堂屋的大门是昨晚睡前就闩好了的，女人一边拉着衣扣，一边推开门闩，朝霞映上了脸膛，日子，这样潺潺流淌着，它们滑过苗家木楼门前，滑过村庄碧绿的茶园，滑过茶园少女那美丽的麻花辫，激荡起无数欢声笑语。

老马驮着一肩谷粮，在山农的吆喝声里走过那弯弯曲曲的田埂，路边草尖那晶莹亮丽的水珠，润润地，湿了一串长长的脚印，马蹄，在松软的黄土地里刻录了老马的心事，深的、浅的、方的、圆的，这不光是脚印的形状，这是一生勤劳的图案呢。

夏日里的晨风总是很温柔的，细细地揉动着水田里的秧水，轻轻地摇淡了一层层覆盖在秧田上的白雾，那些深藏在稀泥里的黄鳝和泥鳅，在天亮之前便隐匿到水田里的洞穴中去了，青蛙亦在黎明降临之前，早早地歇止了歌唱，一切都回归到了最初的寂静，一切又将在寂静的晨雾里来临。

采茶的绿衣姑娘们，背着竹篓径直朝着那广袤无边的茶园缓缓地走去，沐浴在乳白色的晨雾下，灵魂深处的芳心早已痒得发热，她们禁不住要哼几句山歌来的。不过，这歌声细嫩，甜而不外扬。晨霞里的欢跃是不宜太过夸张的，留几许神秘的味道隐匿在歌喉里，手上和嘴间的活儿却是那么的娴熟，哪一片茶叶应该采摘，哪一句山歌应该唱给哪些人听，姑娘们自然胸有成竹。

茶园山下，耕夫放长了牛绳，只听得犁铧在烂泥田里穿梭，握在耕夫手心的牛梢棍，老半天都没有敲下去一次，这牛，自然是耕夫们最要好的伙伴，想想这一垄垄硕大的田坝子，都得耕牛一点点地翻犁，不知到底需要流淌多少汗水呢。上了些年纪的耕夫，总是不会亏待自己的，他们劳累了大半辈子，自然也轮到贪图享受的时候了，但山民们似乎闲不住心，他们往往背个小水壶，或是灌上半壶女人们酿的米酒，或是裹上一袋昨夜吃剩的泥鳅，累了，便停下犁来，斜靠在田坎边，独自小酌。要是上下田坎有人在的话，自然会吆喝着聚拢来，每人几小口米酒灌下肚去，干活的劲儿便自然高涨起来了。

村庄里的苗家老人，目睹着属于自己的世界渐渐远去，曾经的荒蛮和闭塞，曾经那些刀耕火种的苦难年华，都将被如今的繁华取代，满脸密密麻麻的皱纹里，那些洋溢着的幸福是那样的清晰可见。然而一贯勤劳善耕的山里人，长不出一点点闲心，似乎不到倒下的那一刻，手里的活儿就没有停歇的时候。

看看南龙那青幽幽的山野碧川，我们就可以想象得到南龙苗家人的好劳程度，那些苍翠美丽的山川，无不是浸泡着山里人的血汗而得来的。聪明智慧的南龙人，很早就留下了无数盛传黔中大地的美誉，比如南龙人的南贡茶，曾为朝廷贡品，明末清初的佘家营，曾经是民族烽烟里争抢不息的宝地，至今依然保存完好的长庆寺，曾经为香烟缭绕的无数子民的心灵净地呢。

这个夏日，尽管我们早已看不见封存已久的历史烟火，尽管我们只能用一颗无比敬仰的心灵在祖先的足印里朝拜，但我们很荣幸我们在这个和谐安详的时代，我们相信我们能够在逐渐繁华富强的岁月里缔造出属于我们自己的民族神话。

夏日湿地

刘燕成

我在贵州大学上学那些年，学校对面是连片的湿地，但凌乱至极，可观赏之景，即便有，也是藏匿在河滩深处，因滩险，水深，路窄，而少有人问津。可如今，美丽的花溪国家城市湿地公园，就是在这样的荒滩上打造出来的。我特别喜欢夏日里的湿地，在迷蒙的夏雨中，若隐若现的样子，多像那羞涩的少女，半掩面儿，教人见不得全貌，只好联想翩翩起来。

每到夏日，穿园而过的花溪河，溪水

被太阳炙烤得日渐枯少，只见得溪里的石块一日比一日裸露，零零星星地，就只剩下那些河床低矮的水凼凼了。孩子们光着小屁股，到处寻着那些可以凫水或打水仗的浅水凼，可这样的水滩越来越少了。就在这个时候，一场夏雨突然降临，那干裂的心，顷刻间便潮润了起来。

远远地，看着那雨就要下到面前来了，女人逃了命似的，躲回了家，而那些胆大的男人们，是不怕雨的，他们是不会躲跑这雨的。心想，下吧，润一润这枯干的眼，淋一淋这汗津津的身子，洗一洗这湿地里沾满了焦热阳光的叶木和虫草，呈现出一派湿漉漉而温暖饱满的梅雨气象，散发出那泥土的本色与芬芳来，那样更好的罢。此时的雨，摇摇晃晃地，从花溪公园上游飘落过来，先是细细密密的雨丝，薄薄的白布一般，飘荡着，而后是越发大粒的雨点，碎得满谷子都涨满了雨水。在雨中，静静地停下来，撑一把红伞，与心爱的人儿讲一段故事。这是最安全的时刻，除开对面的心上人，没有外人可以偷听到彼此的秘密了。或者，一个人，逆风，一路欢快地疯跑一段，而此时此刻的雨，最好没有停，泼洒着，打在风雨里的男人身上，沿着背脊流淌。这是多么快活的雨沐啊。湿地不远处的上空，还飘起了一条美丽的虹。紧绷已久的心弦，终于因了这一场夏雨，松了，快活了。湿地里的一些菜农，是闲不住身的，这夏雨尚未停歇好，便抡上耙扫，戴上斗笠，穿好蓑衣，急匆匆地出了门，望秧田水去了。长在湿地河畔的娃们，实在是憋不住了，冲出了屋，跳进水滩里，洗起烂泥澡来。

不远处的大将山山垭里，就只剩下几抹淡红的云了。雨，渐渐地息止了，许多白鹭，从云的那端窜出来，低低地掠过那弯弯扭扭的绿草地，呜哇呜哇地欢闹着，飞回了家。湿地水畔的几个村姑娘，或者是少妇，提一篮满满的衣服，径直朝了溪流的方向走去。她们名义上是要到溪里捶衣，捶着捶着，见得天色越发暗黑了，四周却又是静悄悄的，只剩得了那幽幽溪涧的浪涛，便禁不住褪去了短裙，取下头上的发髻和红头绳，脱开了衣，轻轻地摸到花溪河里游了起来。

夏日里的雨后湿地，夜里总是可以看见那轮皎洁的月来的，似乎是那雨，洗净了蓝天白云之后，这月，便无处藏身了似的，干干净净地，点亮了漆黑的夏夜。月光穿过花溪河畔的老柳枝，泼倒在溪水里，映得那水里的女人雪一样白净。大致晚饭后，周边村庄的男人，一茬又一茬地闲游到湿地水畔来，在下游河段，纷纷跳进水里，或是欢叫，或是默默地相互擦着背。而溪的上游，女人洗衣的河段，虽有女人尖嫩的声音刺下来，但男人也只得远远地望着。一些腥臊的男人，把手掌卷到嘴边，轻轻地问：喂，上面有人么，有人在洗衣么。久久地没有见得回应，便怒了心一般朝女人们喊：上面有人没，有人在洗衣没？声音响亮，可是还是没有见得有回答。心粗的男人们放言，要到溪的上段游泳，女人们听得男人要上来了，便连忙应了声：有人的哩，就不见你家大姐在这忙着捶衣的吗。一边说一边上了岸，穿衣，小心翼翼地，生怕男人见着了似的。

夏雨里的湿地，竟是这般的美，但是，胆小者，懒步者，惧怕风雨者，是不会见到这般大美之景的。陈毅有诗云："真山真水到处是，花溪布局更天然。十里河滩明如镜，几步花圃几农田。"20世纪40年代初，我国著名作家叶圣陶在大将山下的花溪河畔也写下了这样略带愁滋味的大美的诗句："五年彼此西南寓，颇异寻常愁寄旅。天多意兴作清游，却借清游聊晤叙。瀑流泻玉堪延伫，稍爱麟峰能秀举。良云草草亦难忘，一夕花溪同卧雨。"因而我想，这湿地的真正乐趣，是早先就被前贤们发觉了的。

又到艾叶飘香时

张冬娇

一进五月，犀城街头巷尾，就出现了大量的棕叶和艾草。一张张棕叶叠在一起，养在水里，鲜嫩嫩的绿，甚是诱人。艾草总是和菖蒲捆在一起，带着山野的清新，散发出一种药味般苦涩的芳香，飘在五月的空气里，弥漫着一种祥和的氛围——又到艾叶飘香时。

在我家乡，池塘边、屋后篱笆墙、木栅栏、田坎上，都可见到艾草和菖蒲。每年三四月间，艾草就长出了柔柔嫩嫩的叶片，绿得如碧玉般凝重。乡人喜欢采摘嫩叶，合着糯米做成艾叶粑粑。艾叶粑粑外表碧透晶莹，里面的馅或是糖或是碎花生。入口即有一股淡淡的艾叶清香，随之，那柔软、细滑、黏糯的触感便侵入味蕾，让人久久回味。那味道根植在脑海里，成为深刻的记忆。再加上艾叶的药用功能，食之，能祛风辟邪。因此，每年春天人们采摘艾叶做艾叶粑粑的习俗，如今还保留着。

到了端午，艾草就长到两三尺高，蓬蓬勃勃，蓊蓊郁郁，在众草中显得格外茂盛。艾叶的形状呈椭圆而带有锯齿，像手掌一样伸展着；叶面布满蝉翼般白白的霜，似野菊。根部呈银灰色，光溜溜的，给人一种吉祥幸福之感。微风阵阵，艾叶哗啦哗啦地翻卷着，沁人心脾的清香随风四处飘荡，令人神志清明。

艾招百福，由于它的形状又像一把把长箭，挂在门楣上，有“正气挡门，邪气莫进”之感。因此，端午节，家家户户的门窗上，都插着艾草和菖蒲，一边一枝，远远望去，幢幢房屋宛若围上一截绿色的帷幕，显得安全而又祥和。大人还在孩子们耳后掖两片艾叶，可散寒祛风邪。再挑几片嫩叶煮土鸡蛋，吃了又营养又清热解毒。

乡人还喜欢把艾草、菖蒲和大蒜一起浸在水里，浸成黑褐色的药水，然后用艾草蘸水，洒向屋子的各个角落，称作洒“端阳水”。人们洗脸刷牙也要用上“端阳水”。老人们说，“端阳水”是用来驱邪避毒的。五月，正好处于春夏交替之际，也是五毒尽出、疫病流行的季节，各种毒虫开始大量繁衍，比如蚊虫，艾草、菖蒲和大蒜就是杀死它们的天敌。

傍晚，家家户户在院里点燃一束艾草，青烟起处，到处弥漫着艾香。人们把艾草、菖蒲和大蒜一起，再放些蛋，熬出一大锅黑黑的“端阳水”，冒着腾腾的热气。孩子们都要用端午水洗澡，用蛋在身体上滚，大人对孩子说，用“端阳水”洗澡，身上一年都不会长痱子。洗完澡的孩子们，身上散发着艾叶的香味，额头上和肚脐上涂着雄黄，脖子上挂着或是手里提着手袋，里面装了一只鸡蛋或鸭蛋或大大的鹅蛋，兴高采烈地在坪里玩耍。

端午节过了好多天，乡人还在吃着粽子；又过了好多天，艾草也枯萎了，叶儿萎缩，成了灰白色。乡人一根一根收好，置于干爽处。一年四季，孩子们有个肚疼脑热的，烫点艾叶，喝下去，十有八九的，病去人安。有人家会把艾叶晒干，揉碎做成艾叶枕头，可预防哮喘咳嗽，还可安眠解乏。还可捣碎得“艾绒”，制艾条供艾灸用。

艾草，谐音“爱草”，这种与屈原有着密切关系的香草，充满着对人类的热爱。《本草纲目》记载：艾全草入药，有温经、祛湿、散寒、止血、消炎、平喘、止咳、安胎、抗过敏等作用。

艾草的好处说不尽，它的身上有一种神秘的力量，能让百虫各归其所而不来骚扰人类。它就像一位睿智的老者，在袅袅青烟里，以悠悠的香气为语言，劝恶而扬善；又像飘逸的仙子，轻舞烟袖，还人间以洁净之境。

夏始春余，叶嫩花初

张冬娇

春末夏初，念到这个季节，不觉心生喜悦，眼前立即浮现梁元帝《采莲赋》的画面来：

于是妖童媛女，荡舟心许，鹢首徐回，兼传羽杯。棹将移而藻挂，船欲动而萍开。尔其纤腰束素，迁延顾步。夏始春余，叶嫩花初。恐沾裳而浅笑，畏倾船而敛裾……

美艳的少男少女，摇着小船心心相许。船慢慢地来回荡漾着，双方传递着酒杯。桨要划动，却被水草挂着；船要移动，就把浮萍分开了。春末夏初，叶儿正嫩花儿才开，采莲的姑娘摆动着娇柔的细腰，欲行又止，几番回眸。生怕沾湿衣裳而低头浅笑，担心船儿倾覆而紧紧抓住衣裳。

好一个“夏始春余，叶嫩花初”的季节！

这个季节，春寒料峭已远去，炎炎夏日未曾来，天气宜人，草木欣然，像一个温柔的笑，无处不舒适，无处不妥帖。这是因为夏初眷恋着春末，春末倾慕着夏初，若是某天气温高过三十度，燥热难耐，天空就会变脸，一场急雨，几阵凉风，天气又回到原来的样子。然后，又有几个晴日，气温继续升高……这样反反复复，春末与夏初彼此纠缠一起，恋恋不舍，难舍难分，竟酝酿出一个新鲜又宜人的世界来。

这个季节，天空沉静，绿荫渐浓，大地仿佛一位新生儿，到处覆盖了深浅不一的新绿。

人家的屋檐下，高大的樟树翡翠似的绿给村庄增添了无限生机与色彩。池塘边，桃树梨树一身绿装，枝条上趴着密密的果，也是绿得透透的，翡翠珠儿似的。大路两旁，一排排的浓绿像空中的海洋，在灿烂明媚而有点儿慵懒的阳光下，闪耀着粼粼的波光。田野里，田埂上到处都是蓬蓬勃勃的绿，整个大地就是一个绿水晶。举目望去，既养眼，又悦心。

这个季节，惠风和畅，空气新鲜，风里总带着花的香。院子里的香樟一律张着椭圆形的身子，着一身身新绿，整整齐齐。树冠上笼着一层米粒般的淡黄，那是内敛低调的樟树花。风儿如同母亲的手，就这样带着花香满院子飘荡着。伫立树下，深深吸入几口，天地清明，万物清净。

院子里除了香樟，还有小叶女贞树，开着一树白色繁花，长长的花蕊，像触角，又像条条长长的毛茸茸的大虫，很是抢眼。它的香味也和花色一样，浓郁带有攻击性，一串一串地在香樟花里游荡，惹得成群的蜜蜂飞来飞去，在花丛中忙忙碌碌。

不远处的栗树，也在此时发芽展叶开花。满树的花穗有点儿像狗尾巴草，花色微黄，花茎温柔地覆盖在树冠上。它的香味带点儿特别的黏腥味，一阵一阵地袭来，若是雨天，这种香味就更突出更浓郁。小道两旁，栀子已长出点点青碧的花苞，不久，一场花事就要轰轰烈烈地登场。地面上，各色野花，红的、紫的、粉的、黄的，像绣在一块绿色大地毯上的灿烂斑点。这个季节的花，没有大红大紫，但是花香馥郁，和满眼的绿意融在一起，显得淡雅宜人。

这样的季节，我喜欢在院子里的林荫小道上来来回回地走，与花香亲密接触。或者坐在窗前，与院子里深深浅浅的绿默然相对。风在摇它的叶子，花在吐它的香，鸟儿在唱它们的歌，树沉浸在它们的绿里……就这样静静相对，不说话，不交流，停止思想，超然忘我——金子般的时光，一分一秒都是美好的。

一个夏天的早晨

张冬娇

清晨，推开窗户，一股阴凉迎面扑来，带着林子的清新，我忍不住深深吸了几口。

连续几天的阴雨，林子已经湿透。香樟树冠四围，笼了一层新绿；松树枝丫间挟着松果，像盛开在松针里的花。雨丝很细，听不到雨声，只能在丛密的松针和香樟的老叶间，映出密密的花针。

然而，这并不影响林子里的热闹，鸟儿依旧叫得很欢。画眉、喜鹊、燕子……长的、短的、高的、低的，交织在一起。

右边池塘边，青蛙“呱—— 呱——”的叫声，低调浑厚，远处布谷鸟随声应和，此起彼伏，遥相呼应，让这首交响曲节奏分明，意蕴丰满。

雨丝渐渐密集了，淅淅沥沥的声音铺天盖地地传来，密密的花针在新绿间也明显了。一只鸟儿受了惊，突然从树梢冲上天空，喳喳两声，又扑入林子里。

又有几只鸟儿不顾雨丝，兴奋地撞进近窗的一棵香樟树里，叽叽喳喳地追逐嬉闹。这棵樟树高大魁梧，伸开的手臂正好笼罩我的窗户，鸟儿们的嬉闹全在我的眼皮底下。突然，其中一只鸟儿飞过来，掠过窗户，冲我调皮地大叫一声，好像说：“嗨，看什么看！”我忍不住笑出了声。

樟树的枝丫间，一只斑鸠安然地待在巢里孵蛋，一动不动，仿佛眼前的喧闹与它无关。我不知道它什么时候开始孵蛋的，也看不到它的头，只看见它的尾巴，有时候朝东，有时候朝西，让我感动的是，连续几天的大雨中，顺着树枝而下的雨水打湿了它的羽毛，而它全然不顾这些，专心地孵它的蛋。我想，整个林子都湿了，只有它身下的巢干燥又暖和。

一阵又一阵的清凉扑进来，手臂都发凉了。这个夏天，姗姗来迟，已是夏至了，还像梅雨天气，凉爽得人情味十足。

将近一个小时的光阴，我站在窗前，让这些绿意、雨丝、鸟鸣充溢心灵，感觉自己也和它们一样，安然于大自然中。

盛夏之味

张冬娇

盛夏的一个午后，我在屋旁的篱笆墙边，被一股气息击中了。

那时我刚午休醒来，就着长长的午后，想去村里溜达溜达。村里四围寂静无人，唯有蝉儿恣意拉长了它的声调，高高低低，远远近近，此起彼伏，间有几声鸟鸣，像一场盛大的合唱，充斥天地间。

我恍惚在这种静谧的天地里，空气凝固的刹那，那股气息浓烈地扑过来了。我回过神来，发现气息来自眼前篱笆墙上的灌木丛，准确地说，来自灌木丛上无数的绿叶，包括苎麻叶、艾叶，还有许多不知名的叶儿，叶面蓄满深厚的绿，海洋般深不可测。

我曾经在春天砍过鲜柴，家乡人叫生柴（新长出来的灌木），那气息是鲜嫩的带有饱满水分的；我也曾经在秋天跑到深山里砍过杂柴，那是薰烈而带有枯黄的干燥。

而眼前的气息却是沉稳深厚和浑朴热烈的，是炎炎夏日一定时间下的力量呈现。

灌木丛旁有一棵高大的樟树，树的另一边，堆着砖块、石头，缝隙里静默着陈年的落叶，一些草儿垂着柔嫩的叶儿在风中微微地抖动，我蹲下身去，这特有的气息变得丰厚起来了，腐朽的，又是洁净的；亘古的，又是新鲜的，是遥远岁月里冒出的一股清泉，让人内心澄净、自在而安宁。

屋子的前面是一眼池塘，一条小路半绕池塘，向远方逶迤而去，那里是一望无际的稻田，稻谷已近成熟，在炎炎烈日下辉映着炫目的金黄。几只鸟儿在上空漫无目的地盘旋，空中有蜻蜓悬浮的影子，可以想象，它们的下方，是无数昆虫的世界，在长长的夏日里，永远不知疲倦地忙忙碌碌。

房子的后面，是一排荒废的老屋，多已倒塌，杂草、藤蔓从后院一路蔓延过来，占据着曾经居住的空间，没有主人的经营，房子迅速颓废了，渐渐成为自然的一部分。然而，透过那些断壁残垣，院子里竹子上的刻痕，依稀可见当年村庄的繁荣。

此刻，这种气息在我的头脑里越来越清晰了，是的，它就是盛夏特有的气息，它隐藏在我记忆深处，沉静而安详，寂寞而温暖，它让我想起我的童年。

无数盛夏的午后，大人们都安静地待在家里午休，孩子们则像断线的风筝，叽叽喳喳地从村前跑到村后，在苎麻地里捉迷藏、打野战，在后院竹林里荡秋千，爬上高大的樟树掏鸟蛋、捉知了，在老堂屋里跳皮筋，玩吃子儿的游戏，漫无边际的蝉鸣声里，光阴悠长得仿佛没有时空概念，有着说不出的静谧悠闲。

五月

张儒学

一

五月，在那如火的阳光下，田里的麦子成熟了，山里人打点着闲散的日子，开始收割沉积了一冬的期盼。一双双粗糙的手，惊喜地磨着手里的镰刀，犹如在磨亮那一个个甜美的梦境。

那是多年前，在外地打工的我，整天在厂里忙碌着，那烦躁的机器声仍在不停地响着，我却把它想象成一首五月的交响乐，让我枯燥的打工日子充满快乐和诗意。可我的心里仍在想着五月的乡间，那地里成熟的麦香是多么醉人，那刚发青的草像绿毯一样，点缀着我的梦想。我就盼望着“五一”节这天快快到来，能长上翅膀飞回我的家乡。

在我打工的厂里，“七一”“中秋”“国庆”都没有放过假，可在“五一”节却放了假，我便如愿以偿地赶回家去。在小镇上下了车，沿着那条山路往家赶，一路上我看见了一个繁忙的五月，不管是山坡上还是小道边，处处都晃动着高兴而忙碌的身影。那麦田里飘来的阵阵麦香，在山里人的日思夜盼中突然浓烈起来，握着镰刀的手在太阳底下突然灵动起来，那挥来晃去的镰刀，闪烁着迷人的光彩。那一株株沉甸甸的麦秆在欢歌笑语中滑落，那一块块金黄的麦田，就在麦秆的疼痛中分娩，一粒粒麦子就是一个个希望诞生，一粒粒麦子就是一个个梦境凝聚。

回到家后，我就尽可能地帮年迈的父母干点儿农活，也更能感受到五月的乡间，那忙碌的脚步，那成熟的麦子散发出诱人的馨香，还有那田间劳作的人们的欢歌笑语。在这五月里，那村里村外，山上山下，都在麦浪的翻滚中，都在麦香的飘曳里，摇来晃去。那已经不再下地干活的老汉也拄着拐棍儿一挪一挪地走了出来，在村头那哗哗响着的树林边，抬头向远处眺望着那满坡金黄的麦地，满山的热闹使老人们久违的笑容又挂在脸上，那满地的“哗啦啦，哗啦啦”的割麦声，也似乎听得那么的真切。

二

村道边，姑娘们的脚步跟她们的心跳一样，变得有些急促不安。山里的小伙子的每一个收割动作，都那么的真实而感人，那割麦的手粗壮而有力，那挑麦的步子沉稳而轻健，那朴实的微笑真诚而含蓄……仿佛她们看到了麦子的分量。这时，她们故意显得很忙，也故意和人打着招呼：“你家的麦子真好！”“是啊，挑起来真沉！”孩子们，也从家里偷偷地跑到麦田里，随手抓起一粒麦穗儿，用手轻轻一搓，绿莹莹的麦粒便香喷喷地在小手上滚动，再掐上几粒往嘴里一放，细细咀嚼，又香又脆，而且还夹杂着丝丝甜味。

女人们坐在家里悄悄地思忖着，今年能收多少麦子，麦子多了她们还要缝多少袋子，才能装完丰收的麦粒。是用旧麻袋还是用新编织袋？经过反复的思索，还是来一回奢侈，用新的更结实，因为刚收下来的麦粒儿沉，不结实怎么能行呢？

在明净的月光下，全家老小围着刚从山上割回的麦子，“噼噼啪啪”地打开了，麦粒便在这有序无序的响声中，如珍珠般滚出；麦壳便在晚风中，如蝴蝶轻轻地飞舞……这是山里人最能感到踏实的时候，因为自从麦子播下后，不知经过多少期盼和等待，不知经过多少守望和呵护，才有今天收获的喜悦与温馨，才有金黄金黄的麦子在眼前晃动，似乎有了麦子，山里人心里才踏实。于是，“噼噼啪啪”的响声，“嘻嘻哈哈”的笑声，从一个又一个的农家院里传出来，这家映那家，这村映那村，这山映那山，奏响了麦收时节的乡村交响曲。由此，乡村那初夏的夜晚变得神秘而清爽。

在一阵忙碌之后，男人们往往一倒在床上就呼呼睡去，女人们则在心里细细地盘算着：“今年政府给了新种子，镇上的农技员又下村来培训了种麦技术，加上风调雨顺，难怪今年的麦子收成这么好！”似乎觉得有了麦子的日子，一定充实而温馨，一定甜蜜而美好，一定和谐而幸福。想着想着就进入了梦乡，梦中看见了一只布谷鸟正从村里的大树上飞来，

“布谷、布谷”的叫声，是那样的嘹亮而清脆。

三

记得有一年“五一”节，我与一同在外地打工的弟弟回老家，总想帮父母干点活儿。当我们回到家里，已是下午了，母亲赶忙从锅里端来热气腾腾的饭菜，父亲手里拿着一瓶老白干，放在桌上说：“等你们好一阵子了，菜饭冷了你妈又热，热了又冷了。”母亲说：“我想你们一定是因事起身晚了点儿。饿了，快吃吧。”我与弟弟二话没说，端起饭就吃起来。父亲说：“我们都还没吃呢。”我吃着母亲特意为我们准备的菜饭，又听父亲这么一说，已是下午四点多钟了，他们还没吃午饭，我不禁热泪盈眶。

于是，我赶忙拿过酒瓶倒了一杯给父亲，又递一杯给母亲，给他们敬酒。母亲说：“又不是过年，敬什么酒呀。你们少喝点儿，饿了就先吃饭。”我说：“对了，我们吃了饭还要去田里栽秧呢。”父亲说：“田里的秧子我已栽完了。”“那妈打电话来说不是要我们回来栽秧子吗？”母亲抢过话说：“我看你父亲一个人在田里栽秧，多累呀，我叫他休息几天，等你们回来帮着栽，他就是不听，还是早也赶晚也赶，赶着把秧栽完了，说你们‘五一’节放假，好好在家里休息两天。因为你们在城里打工，听说每天都干十几个小时的活儿，很累的。”我对弟弟说：“那我们去割麦子。”母亲说：“麦子也收完了。趁节假日回家来，一家人热闹热闹一下，不是很好吗？”

入夜，母亲叫我们早点睡，因为赶了车太累。可我怎么也睡不着，便起床走出家门，在小村里随便转转，只见那夜色掩映中的一幢幢崭新的小洋楼，还有那劳累了一天的人们，正沉浸在甜蜜美好的梦中。微风吹拂，使我的心情如田园流水般的轻松愉快。那城里的热闹与喧嚣，早已消失在远方，我似乎已沉醉在鸟鸣蛙闹的故乡五月的美景中，沉醉于有父母从小到大始终如一的关怀里，待我回到屋里，听见父亲那不停地咳喘声，随后又听见母亲小声地说：“小声点，别吵醒了两个娃儿，免得他们整日担心你呀。”我想过去问候一下父亲是不是病了，但听母亲这么一说，我那正要敲响父母卧室门的手，又轻轻地放下，转身到屋里去了，整整一夜，我无法入睡。

第二天，我们只好帮父母干些挑水之类的轻活儿，也算尽到一点帮家里干活的微薄之力，但时时引得母亲说：“我来，这点活我干得了。”父亲说：“叫你们休息就休息，明天你们回城里去上班，又要整天整天地干，哪有时间这样闲一两天的。”说着，父亲又像小时候我们干错了事一样，用既凶巴巴又充满爱怜的目光瞪着我们，我们兄弟俩只好放下手中的活儿坐了下来。可怎么也坐不住，怎么也坐不安心。

过了两天，我们兄弟俩回城里去了，一路上我们没有说什么，只是沿着车窗看着五月那宁静而生机盎然的田野，眼前总是晃动着父母的身影，耳边总是响起父母的声音，我们的心情既像天上的云彩那么轻飘飘的，又像麦粒那么沉甸甸的。

四

我从小就跟着父亲在田间劳作，对家乡的山山水水，风土人情，都倍感亲切。以前，我在家里干农活都是听从父亲的安排，每年开春后，父亲总是掰着手指头自言自语道：“正月立春雨水，二月惊蛰春分，正月底下谷种。”父亲扛着锄头下到冰冷的水田里，平秧田下谷种，我总是在田埂上帮着父亲一会儿拿着谷种，一会儿拿肥料，一会儿拿薄膜，干的是下手活，我还不停地问道："在田里冷不冷？"父亲笑着说："都立春这么久了，怎么会冷呢？"父亲播完谷种后，又小心翼翼地盖上薄膜，像把希望与期盼也播在里面一样，脸上露出了满意的笑容。我就时不时抽空去看看那薄膜里的谷种，渐渐地发芽了，发了芽的谷种又渐渐地长成了青青的秧苗，这就是五月了。

父亲就打着牛，扛着犁铧下到水田里，一声吆喝，牛在前面走，父亲紧握犁铧把，在后面紧跟着，那翻动的犁铧，在五月那灿烂的阳光下，闪动着刺目的光……这时，我又看见年迈的父亲那握着犁铧把的手，没有以前那么有劲儿，那吆喝牛的声音，没有以前大声而响亮，我说："爸，让我来吧。"父亲看了看我说："你从没犁过田，怎么犁得成呢？庄稼收成好不好，跟犁田有很大的关系呢。算了，还是我慢慢地犁吧。"父亲说着又打着牛犁过去了，我望着父亲的身影，心里为一辈子都视庄稼比生命还重要的父亲而高兴，但也为自己这么多年一直都在外奔波，而没有好好地跟父亲学会种庄稼而难过。

乡间的五月是一个非常忙碌的季节，不但要犁田栽秧，土里的麦子也成熟了，那金黄金黄的麦穗儿在微风中飘溢出淡淡的芳香，更是发出“吱吱”的声响，似在呼唤山里人，快去收割希望，收割梦境。

这下，多半是男人在田里犁田栽秧，女人在土里割麦。父亲不要我帮他下田犁牛，我就只好去到土里帮着母亲割麦子，母亲弯着腰在土里割，我身强力壮就只管挑麦子回家，山间小道上，到处是挑着大捆大捆麦子的山里人。山坡上，到处是割麦的人们，那幽默风趣的说笑声随风飘去，十里八乡，村里村外，真让人感到五月的乡间到处是欢歌笑语，到处洋溢着收割的喜庆。只是那火辣辣的阳光照在身上，好像要往骨子里钻似的，让人感到全身上下散发着欢乐与激情。

五

俗话说：“过了立夏，碰到亲家都不说话。”这更说明了五月的乡间有多忙碌。尤其是在田里栽秧，现在村里的年轻人，大多出去打工了，剩下的劳动力少，他们就三五家连在一起栽，一家栽一天，今天帮这家栽，明天又去帮那家栽，一块大田，如果一个人在田里转过三五天也难栽完。这可忙坏了家中的女人与孩子，女人赶着在家里煮饭弄菜，孩子得去商店买烟买酒，还得不停地往田埂上送开水。弄得屋里屋外，忙忙碌碌，热热闹闹。我说："爸，我已经回家来帮着栽秧了，今年您就别去与他们换活儿了，一家栽一天，也要三五天才能换完活儿，多累呀！"父亲笑着说："年年都是这样做的，今年你回来了就不去换活儿了，人家不说啥，我自己也觉得过意不去呢！"我没法说服父亲，只好让他去。这下，家家都是这样，整个村里都像过年似的，虽然劳累，但也觉得充实。

这几天，由于天气过于闷热，大家都觉得快下雨了，父亲也跟其他的山里人一样，白天去栽秧，夜里回来赶着去土里割麦子。太阳刚下山，我也跟着父亲一起去到山上割麦子。割着割着就看见天边那一抹红红的晚霞，将大地映得金黄金黄的，像天空中落下了满地金子一样，那么让人欣喜，让人陶醉。不一会儿，那一抹红霞又变成了浓浓的夜色，我说："爸，天黑了，看不见了，您回家吧，我在这儿割就行了。"父亲说："没啥，这些土里我已经干了一辈子活儿了，哪里有个沟沟，哪里有个坎坎，我还不清楚吗？"

月亮出来了，那皎洁的月光如水地洒满了整个山村，那成熟的麦穗儿在月光下，变成了银白色的一片，微风中，只听见“咔嚓、咔嚓”的割麦声，比城里那光怪陆离的灯光下，传来的撩人心绪的歌声，还要惑人，还要动听。这时，山那边传来一个孩子的叫声：“爸爸，回来吃晚饭了。”山这边又传来一个母亲的声音：“大娃子，回来吃晚饭了。”山里山外，一应一合，仿佛是在将五月的乡间点缀。

六

随后的几天里，我下到水田里帮着父亲栽秧，也去山坡上的土里帮着母亲割麦子，火辣辣的阳光烘烤着我，让我口干舌燥，身上的衣服总是被汗水打湿，湿了又干，干了又湿，总是感到腰酸背疼的，可迎着从田野与山间吹来的那一缕缕清新的五月风，心里又觉得那么舒畅，那么兴奋。我站在高高的山坡上，抬眼望去，整个田野里又像穿上了美丽的新衣，到处是嫩绿的一片。而山间土里那金黄金黄的麦子，也一下子被收割完毕，土里又是光秃秃的，如一双充满期待的眼睛，在盼望着勤劳的山里人，再去播下希望与梦境，为它也添上一道美丽的风景。仿佛一夜之间五月的乡间，就在忙碌的脚步声中，回归到往日的清闲，回归到往日的宁静，也由此变得更加的和谐，更加的殷实。

农事，就在这五月里，被展现得淋漓尽致。山，在播下种子或移栽了玉米苗后，似乎变得更有灵性。随着一阵阵“滴滴答答”的细雨，随着一声声脆嫩的鸟啼，田野里的刚栽的秧苗转青了，山坡上的豆子抽芽了，土里的玉米疏叶了。

五月，就在坡上坡下、田里土里，被山里人的那双勤劳的手，描绘成了丰盈充实的日子。

夏季抒怀

张儒学

当火辣辣的阳光直直地从山顶上照下来，老屋后面的树荫绿成了夏天最独特的风景。

在夏天里，山野上各种鲜艳的花朵像小孩子捉迷藏般地躲在了绿叶丛中，嫩嫩的枝头不知何时又挂上了青涩的果。人们对夏天特别地钟爱，丝毫没有被闷热吓着，该干的活儿照样干，全身上下充满火一样的激情。大人们总在忙不完的农活儿里穿行，施肥、插秧、收麦、种豆，忙完了水田忙旱地，似乎越忙越有劲儿。

夏天是大人们的夏天，春天播下的种子在夏天火辣辣的阳光的烘烤下，都纷纷长高、开花、挂果。那田里栽下的秧子，眨眼间就长得青青的，正要扬花似的；那土里的玉米苗，没几天就长得高高的，有的还背上了“娃”；土里的南瓜藤，转眼间就开出了黄花，并结上了小小的瓜……但现在需要除草、需要施肥、更需要庄稼人细细的呵护。山里人就一边劳作，一边看着这些田里土里的庄稼，即使汗流满面，心里也充满了无比的欢乐。

夏天是一个忙碌的季节，即使再热再累，勤劳的人们也不肯歇歇。天刚蒙蒙亮，人们早早地被小鸟那清脆的叫声唤醒，即使还在蒙眬的睡意中，也总是翻身起床来忙各人的事儿，男的一般都扛着锄头下地，妇女背上背篼上山砍柴，有的小孩也同大人一起上山割草或放牛，留下小姑娘或老人在家煮饭。一大清早，山上山下的说笑声、吆喝声，伴随着农家院里袅袅升起的蓝色的炊烟，在山间萦绕着、回荡着，毫无遮掩的太阳又一跃而出照射在大地上，人们知道今天又是一个大晴天。

夏天是小孩的夏天，每当天刚大亮后，不管母亲怎么呼唤仍睡不醒似的，唯有蝉那清脆而动听的歌声，一下子就能把孩子从睡梦中惊醒，那躲在屋后的竹林里的蝉的叫声，清脆而洪亮，动听也缠绵……点缀着我童年的梦境。随后便上坡去放牛或割草，等父母安排的活儿干完了后，太阳也渐渐地大起来了，大人们也坐在树丛中或屋檐下乘凉，而我们小孩子便可以自由自在地玩了。

夏天最好玩的地方是屋后的那一大片竹林，好多邻近的小孩都来到这里玩。于是，我们在竹林里嬉笑玩耍，盛夏的阳光金黄金黄的，透过细密的竹叶，洒下一地斑驳的光影。胆大的男孩爬上高高的竹梢，顺势将竹子弯下来，女孩们将竹子的枝条紧紧缠在一起，编成一个环。我第一个坐上这“秋千”，大家手一松，在我开心的惊叫声中，竹子就弹上去了，而后还得有个男孩子爬上去，再将竹子压下来，再换另一个小伙伴。大家在“秋千”上来回荡着，欢笑声飘出竹林，惊飞了一群野山鸡，连不知疲倦的蝉也惊讶得屏住了鸣叫……

当我们玩热了玩累了后，一个个汗流浃背。不知是谁说了一声：“走，我们去竹林外的小河里洗澡去！”大家就不约而同地跟着向河边跑去了，男孩子们纷纷脱下衣服跳进小河里，女孩子则蹲在河岸边用手打着水、用水洗着脸……虽然河水不深，大家还是十分高兴地在小河里游来游去，浪花飞溅。虽然大人们想尽一切办法不让我们下河洗澡，但我们都在这小河边长大，也许是沾了河水的灵气吧，大家都会游泳，如鱼一般在河里游来游去，欢笑声、戏水声，沿着小河飘荡开去。

当太阳缓缓地从山顶上落下去，大人们也开始扛着锄头、挑着粪桶在地里干农活了，有些倒斜的太阳光似乎温和了许多，地里的庄稼用干渴的嘴吮吸着大人们泼下的一瓢瓢水，像刚刚解了渴一般，似乎一下子就来了精神。最懂得庄稼的山里人这时更是心情舒畅，在轻轻吹拂的晚风中，尽情地感受着劳动带来的快意，也感受着庄稼带给他们的欢愉与梦想。为地里那半人高的玉米锄锄草，给绿毯般的红苕翻翻藤，把悬在山崖边的南瓜藤理顺……直到一轮明月冉冉东升，大地铺上一层银辉，夜幕笼罩山野时，他们赤着一双黑红的脚板，踏着弯弯曲曲的小径归来。

在回家吃过晚饭后，往往还不能闲着，得去田里看看，哪些田里有水，哪些田里没水，村里刚修好的水渠，现已引来了灌溉用的水，今晚该轮到哪家放水灌田，明晚又是哪家，他们心中有数，从不争吵，有时还相互谦让。当轮到自家的田里灌满水后，高兴地下到田里，感到从未有过的凉爽，仿佛还听见秧苗那“吱吱”的吮吸声，等到夜深人静田里的秧苗挂满了晶莹的露珠，才匆匆地回到家里。

夏天的夜更是迷人，老人摇着扇子，给小孩讲些上不沾天下不着地的“童话”，听得小孩时而大笑，时而刨根问底；女人们总是围坐在村口，一边乘凉一边拉家常，嘻嘻哈哈的笑声，在整个山村里回荡；男人们多半独坐在自家的院头，一边抽烟一边听着人家闲聊……有时也去到老家屋后被月光映照的菜园前，看着满园的菜在月光下变得更绿了，在晚风中变得更加顽皮，于是，忍不住蹲下身去用手摸摸，再用鼻子闻闻，那淡淡的清香飘散开来，让人久久沉醉在夏天的梦境里。

这时，依稀听见那月辉里传出悠扬的笛声和二胡声，还有歌声、笑声，把这夏天的夜点缀得格外的温馨，格外的迷人！

第三辑 秋水长天

寒露小记

张静

在北方，寒露来的时候，气候转凉，秋意渐浓，白云红叶，蝉噤荷残，露凝而白，这些自然现象都会接踵而至。而且，这个节气总让文人墨客们免不了滋生出宋玉悲秋的墨香心绪，诸如白居易《池上》实写寥落的秋景：袅袅凉风动，凄凄寒露零。兰衰花始白，荷破叶犹青；诸如孟郊在送别朋友的时候见秋意阑珊，也情不自禁动了归心：秋桐故叶下，寒露新雁飞。远游起重恨，送人念先归……很显然，诗词中的寒露俨然成为世间万生万物衰败的标志。

其实，在我的小城里，寒露来临，正是秋色斑斓时。你瞧，梧桐树的叶子纷纷散落，挺拔的银杏树上了水似的亮黄，静静的渭水渗着一股子清凉的味道生生不息；至于檐墙下、青石边、矮坡上、山窝处、沟壑间，一团团一簇簇的爬山虎，密密匝匝、枝枝蔓蔓地缠绕着，抖落一片又一片殷红的心事；午间，在阳光下行走，随意抬头，即可看见在辽阔的天幕上，排排大雁黑压压地掠过头顶，向着心中那一方温暖的港湾悠悠而去，我在它们时而清晰时而模糊、时而昂首向前时而俯首停驻的迂回辗转里，读懂了一种叫作回眸的情愫。

寒露的乡下，秋水寒而山色冷，雁南飞而菊花黄。这种景致，有油画的热烈和烂漫，亦有素描的朴素与简约。尤其是那一簇簇黄的、紫的、细碎的菊花，远远近近散落在乡野之间；灰麻雀耐不住寂寞，躲在茂密的叶丛里啾唧；偶尔一只蝴蝶，被湿漉漉的露珠打湿了翅膀，躲在耐寒的花蕊里，做着清秋的美梦；田野里，玉米、大豆等庄稼被收割了，深褐色的土地像勤劳质朴、沉默寡言的父辈们敞开的胸怀，寂静温和。那一条条一块块骨骼、经脉、血管、肌肉，裸露着，起伏着，一任岁月将苍凉和荒芜的印痕烙在上面。

父亲的麦子种到地里了，落了一场雨后，淡淡的，隐隐的绿，似春潮一般一望无际地铺开来。早饭后，太阳出来了，父亲嘴里叼根烟，去地里转悠了，他蹲在地头，两只手轻轻捋一捋新出的苗，脸上乐呵呵的。

家门对面的三婆腿脚有问题，很少出门，她一闲下来，就埋头坐在院子的南墙下一边晒太阳，一边剥玉米，黄澄澄的玉米粒，在阳光下泛着清亮的光，若晒几个好日头，新磨的玉米面做成搅团，劲道润滑，清甜可口。三婆院子里的秋豆角，天越凉却长得越欢实，一只只豆荚结在花叶之间，紫的、绿的，交相辉映。木耳菜也开始打籽儿了，一颗颗漆黑的种子挤在叶柄窝儿，亮晶晶的，像麻雀的小黑眼珠，用手一揪，“扑哧”一声爆开，指尖儿上便沾满了黏稠的黑紫色，擦也擦不掉。

“寒露柿红皮，摘下去赶集”，如今，生活富裕起来的乡下人自然不用去赶集了，倒是那一只只挂满枝头的，像灯笼一样火红的水晶柿子，总给人很多念想和回味。依然记得那些年，寒露过后，将柿子摘下来，整整齐齐摆在窗台上，等软了吃。水柿子，剪掉把儿，洒些酒，捂在塑料袋子里两天两夜后，打开，随便咬开一个，甜到五脏六腑。还有一些形状不好、歪瓜裂枣的或带伤疤的，我婆舍不得扔掉，她会削成片，摊在草席上晒干，待漫天落雪的冬天，上学兜里抓一把，甜丝丝的，会忘记饥饿和寒冷。

当然了，还有很多寒露农谚是年少时父辈们教给我的。比如“寒露上午忙麦茬，下午摘棉花”，比如“寒露不刨葱，必定心里空”，再比如“寒露不摘棉，霜打莫怨天”……多少年了，父辈们一边念叨着，一边跟着节令忙活着。风往北吹，燕往南飞，他们顾不上黯然，也生不出惆怅。与他们而言，节气更迭是自然的，不可替代的，恰如这寒露，萧瑟枯萎也好，温和沉寂也罢，终会和他们脚下串串足迹一起，被尘土覆盖而已。

写下上面一段文的时候，寒露刚过，正是黄昏，微雨，瑟风，一城的阴冷。我使劲向窗外张望，想拨开苍茫的白雾，看一眼寒露中的乡下。或许，黄昏里，我的父亲正走过菜地，一行行整齐的菠菜芽儿，像针一样从土里钻出来，他的影子掩在沉沉的暮色里，夹裹着一股清冷的寒气，渐渐落下。

白露

张静

又到长空雁叫、白露为霜的时节。

田野里的秋已开始繁盛和丰盈，然后是山色，深深浅浅、浓浓淡淡地交织在一起，像极了某个画家一不留神打翻了油彩瓶子，随意渲染出一个色彩斑斓的胜景。若随意仰起头，即可触摸到一份秋高气爽、辽阔明澈的感觉，清晰得让人心动和陶然。

“凉风至，白露降，寒蝉鸣。”此时阴气渐重，露凝而白，天气逐渐转凉，雁与燕等候鸟南飞避寒，留鸟则开始贮存粮食等准备过冬的事了。田埂上的野菊花，哼着风的曲调，踩着秋的节奏，摇着素净的花唇，翩跹而舞；草丛里，几滴晶莹的露珠顺着蝴蝶的翅膀滑落，像少女纯净的心事抖落下来；偶尔，一只灰蚂蚱落在草丛里，只顾低头啃食那几片嫩叶，也不抬头去捕捉那片随风的落叶。

傍晚，村头的老槐树下聚了很多人，基本都是刚从地里干活回来的。他们手里拿着镰刀，肩上挂着背篓，扛着铁锨，走到村口总会停下来，把背篓一撂，铁锨一靠，或干脆就拄在手里唠起嗑来。唠嗑的内容丰富多彩，诸如一些新闻和小道消息，大的、小的、正面的、负面的，各种各样的都有。当然，更多的是身边事，比如谁家娃刚办喜事了，场面大得吓人；谁家媳妇是从四川带来的；谁家的小子跟人打架让公安抓走关起来了……五花八门，无所不聊。

处暑收黍，白露收谷。这一点，最是令人动心的。你瞧，白露时节，沉甸甸的黄豆，画着优美的弧线，和丰满的玉米一样即将成熟，只等晒上一两天，便会被拾掇回来，晾晒在打麦场或房顶上了。那新谷子、新苞谷磨成的小细粒熬粥喝最香。当然，我最喜欢吃贴饼子。贴饼子，看似简单，其实也需要不少技巧。首先锅既不能太凉，也不能太热。凉了，饼子抓不住，会出溜到锅里煮成粥；太热了，贴上去的饼子就会被烫得焦煳，色黑味苦。要把握好火候，把锅烧得不凉不热，才能烙出那么一层焦黄、酥脆，很好吃的，跟吃点心一样。

白露过后就是中秋了，父亲知道我要回来，专门到菜园子里摘菜。我进得家门，寻不见他，知道他肯定在地里，于是，放卜东西朝地里走去。大老远，看见父亲鞋上沾了两脚黄泥，提着草笼子忙活着，他也瞅见我了，急忙从地里出来，鞋子在地上蹭蹭跺跺，然后和我一起说着话回家，笼子里的嫩菜叶上和毛豆上沾了许多泥点子，都是带着露水摘的。

快晌午了，日头从云缝里露了出来，比早上暖和多了。这时，已经听不到知了的叫声，只有蟋蟀从早到晚不知疲倦地叫着。墙外的瓜架和枝蔓上，南瓜和豆角，湿漉漉的，沾着夜里的露水。瓜架上有张蜘蛛网，有几滴水珠凝结在丝网上，似坠非坠，晶莹圆润，非常好看。还有，东邻家的枣树结满了枣子，枝叶婆娑，微红的枣子挂在了墙外。这段时节，枣子最好吃，又脆又甜，枣树下，笑声连成一片，回响在院子里。

白露时，乡下的秋最是宁静，也最是深沉。虽然有秋虫一板一眼的鸣唱，却正好衬了秋的宁静。不觉想起父辈们嘴边经常念叨的那句“白露秋分夜，一夜冷一夜”，果真是这样的。一觉醒来，乡亲们出了门，迎面碰上了，都在不约而同地互相发感慨和道珍重，天真的凉下来了，记得添衣。

离开家的那一晚，落雨了。我躺在老屋的土炕上，用心倾听窗外的秋雨，一滴又一滴，似岁月落下的宁静与孤独。

一窗秋阳

张冬娇

秋天的晌午，我待在书房里正专心致志地看书。忽然，我发现手里摊开的书页，渐渐地明亮起来了——越来越亮了。淡红色的光晕在字里行间流动着、跳跃着，那一行一行的方块字排着整整齐齐的队伍仿佛也在快乐地舞蹈。

我抬起头来，才发现，不知什么时候，一缕阳光已悄悄地从窗户探进身体，静静地斜倚在对面的墙壁上，像一幅印象派画，整个房间里都亮堂起来了。

循着阳光望过去，窗外，碧空如洗，

秋阳高悬，好一个天朗气清的世界。阳光从碧蓝的天空中肆无忌惮地倾斜下来，在万物间簌簌地流淌。微风习习，无数水晶般的光点在窗前的树叶间、地面的草丛里微微地颤动。鸟儿兴奋地在枝丫间叽叽喳喳，从树上飞到地下，又从地下飞到另一棵树上。

近处的草丛里，一只蛐蛐，“啾啾啾”三下，静默几十秒钟后，又“啾啾啾”三下，不远处的一只蛐蛐也对应三声。声音并不固定，三声又变成了五声，就像发自生命的自然欢唱。草丛里另一只蛐蛐突然兴头来了，“嘀嘀嘀嘀嘀”一直叫个不停，声音如水珠一般圆润柔和，又蕴含无穷意味，让人自失，想起那亘古的月。

阳光照耀在一旁的丝瓜架上，几朵盛开的丝瓜花像一个个小太阳，明艳艳地辉映着整个季节特有的清幽静谧。一位老人提着菜篮蹒跚而来，看得清，篮子里的紫色的豆角和嫩绿的萝卜缨子。这个季节的豆角，饱尝阳光，籽粒鼓胀，炒熟吃香味醇厚；萝卜缨子先用开水焯一下，去掉苦味，再切碎加油炒着吃，清爽甜润又清凉败火。

阳光下的一切，都是如此欢快、温暖、美好。

我敞开窗户，让阳光和秋风结伴而来。阳光笼罩着我的头发、脸庞、手指，像母亲的手抚摸过一样，温暖又舒适。四围里很静，仿佛听得到阳光在毛线衣的纤维间窸窸窣窣来回穿梭，毛线慵懒地伸着懒腰，打着哈欠，空气里，散发着棉花糖的香味。

这样一个阳光清澈的晌午，我愿意奢侈一把，放开书本，放下人世间一切的牵挂，然后缱绻地躺在沙发椅上，沐浴在这片阳光里，让身上的每一个毛孔，每一方心灵之土都舒张开，什么也不想，或者什么都想，和窗外的植物一起，静静呼吸。

江南之秋

张冬娇

郁达夫说："秋天，无论哪里的秋天，都是好的。"

我很赞同。

我没有体验过北国之秋的那种清、静和悲凉，但我觉得，江南之秋的美就美在这"草木凋得慢，空气来得润，天的颜色显得淡"上，那秋的味、秋的色、秋的意境和姿态，就在那名花半开、美酒半醉的状态中，让你赏不完，看不够，吊足你的胃口。

在江南，立秋后，气温和景致还是盛夏时节的。只在某个黄昏，天边忽现一抹苍茫，或狂风呼啸着屋边浓密的树叶时，才能觉察到一点秋的影子，淡淡一笔，若有若无，但这足以让人欢欣鼓舞了，从此，开始一步一步走向秋天的好景致。

然而，它的步子总是那样慢腾腾，悠悠然，走走停停，停停走走。一场风，落叶纷飞，满目萧索，几日天朗气清，阳光又有了夏的灼热；一场雨，摧枯拉朽，万木憔悴，几天云淡风轻，万物重回了勃勃生机。

秋，在与夏的缠缠绵绵、推推搡搡中向前。

直到仲秋时节，溽暑才渐渐消退，天地间忽地变得清凉了。晴空澄碧，万里无云，好个天朗气清啊，仿佛一吸气，那远在天穹的气息就被吸进肺里，再被轻轻地呼出来，天地合一，万物一体，已不分彼此。

晴朗的日子，一个人走在大街的一排香樟树下，阳光透过舒朗的树叶，在水泥地上投下大大小小的光圈，虬枝的疏影，清晰地印在地上。风儿轻柔，树枝轻轻摇晃，那份秀逸，也是秋日佳境。

院门口的香樟树籽，毫无觉察地，一点一点地从青到酱紫再到紫黑；池塘边的红桎木树叶，漫不经心地一笔一笔地加深着颜色；屋檐前树下的柚子，由小到大，再到黄，灯笼似的挂着，要挂很久很久。

秋天美好的光阴，被无限地拉长，慢镜头似的，慢慢地相处，慢慢地缠绵，慢慢地思念，慢慢的世界只够慢慢地爱上一个人。

它的世界，慢得韵味悠长，慢得人情味十足。

到晚秋，甚而立冬时节，池塘边的红桎木树叶才全部红了，如天边的晚霞，静美温暖得令人心醉。此时，胃口才吊足，秋天已浓郁到十分。

静谧的午后，搬条凳子，坐在院子里几棵高大的香樟树下，空中成了鸟儿的天堂，它们在枝丫间嬉戏、热闹，不断地有樟树籽穿过枝叶，“啪嗒”一声打在地面上，扫得干干净净的地面上又铺了一层樟树籽、枯枝和树叶，空气里弥漫着淡淡的樟脑香。树籽落纷纷，静寂满堂院，满院子都是恬淡宁静的气息。

田野里变得广袤而空旷，收割后的稻梗参参差差，晚秋像操劳半生的农夫，朴实憨厚中有着安详和满足。人家的房前屋后，柚子、橙子、橘子，圆溜溜，黄澄澄，挂在树上，就像一幅斑斓的油画。瓜棚架上，丝瓜藤、南瓜藤和苦瓜藤已日渐枯萎，叶儿已显斑驳和沧桑，唯有那花儿，从夏末到初冬，依旧黄灿灿、明艳艳，还在对这个季节作恋恋不舍的怀想。

秋蝉衰弱的残声，几乎有草的地方都有蝉声。白天在办公室处理公务，或夜晚蒙蒙眬眬的睡意中，窗外总会传来它们一两声的啼唱。日子越来越短，暮色四合时，院子里的女贞树下，秋虫早早地欢唱起来，那歌声一发而不可收，一声接一声，急切嘹亮，充溢耳膜。

这样美好的景致，立冬后，还会延续个把月，像一场漫长的告别，等红叶落尽，一切删繁就简后，天地间才有了冬的气象，那又是另一种美好和广阔自由的安静之所。

秋日黄昏

张冬娇

初秋的黄昏，我坐在林子里的石凳上，想听虫鸣。

确切地说，想听蟋蟀的叫声，领略声音里诸多的乡愁和季节的况味。

然而，我没有听到。

满院子都是鸟鸣，掩盖了那诗人的清幽之吟。

我朝林子里走过来时，远远地就听到了这一带的鸟鸣，此起彼伏，金属般的声音，不断划过琴键。

我走进林子里，坐在石凳上，一切声音骤然而止，静止得空气有点心慌。

几分钟后，一只鸟终于沉不住气了，“滴——儿——滴——儿——”打破了平静，声音高亢嘹亮，把远处的鸟鸣声都掩盖住了，“滴——儿——滴——儿——”耳边充溢它的声音，这么旺盛的精力，连续叫了两三分钟后，才“的的的的的”地收尾。

此时，林子里的鸟鸣才真真切切入耳来，“唧唧唧——”“啾啾啾——”“滴哩——滴哩——”间有蝉鸣，每一种声音都有一种光芒，各种声音重重叠叠，如繁星在闪烁。

“咕咕——咕咕——”布谷鸟的声音还在，“咕嘟——咕嘟——”池塘边还有蛙鸣，池塘上方，漫天的蝙蝠飞来飞去。

初秋的黄昏，还像仲夏，底子里是热闹的。

一阵风吹来，几片落叶“簌簌”地飘下来，或仰，或俯，或侧，静静地待在草丛里，带着梦幻似的沉思。花池里、树兜边、长坡边，青草深深，着上了厚重的颜色。草木从来不伪装，随着季节流转、盛衰、荣枯，自然天成，大美不言。

忽然，一丝桂花香，若有若无，飘入鼻端。再闻，再闻，使劲闻，游丝一般，若无还有。我迅速赶到两棵伞形的大桂花树下，黄昏里，我找到几朵桂花，细细碎碎的，明艳在暗叶丛中，桂花真的开了！

两天前，文友在微信里发了照片，“桂花开了，以细腻优雅的姿势沉淀着繁华尘世的美，醉了流年，香了时光，想念，不一定会长久，但花开，一定只为倾城。在倾城的花开里，我不想辜负时光，也不想辜负岁月对我的恩宠。于是，在简静的日子里，我会将生命最美的印记雕刻，清远、淡定，一生无悔”。

我回道：“花香何时初示人？伊人何时初闻香？花开年年只相似，花香初示有福人。”

最初闻到花香的人，必定心静、清远、淡定，真真有福之人。

丰富多彩的秋

陈理华

记得小时候村子里过中秋节比过大年还要热闹许多，后来随着村里的那条青石路变成水泥路，那项轰轰烈烈、热热闹闹了几千年的拔石、滑石运动从此就销声匿迹、无影无踪了，更是再也没有人提起了，没有人知道了。

这次回到村子，我特地到村头村尾看了看，想找到当年那块巨大的牛姆王，可是我无论怎样努力地去寻找却再也找不到了。不知当年那威风凛凛，给我的童年带来无限乐趣的牛姆王，带着他的徒子徒孙，跑到哪里去了。是不是成了精跑到哪个山洞里去称王称霸、作威作福了呢？或是说干脆跑到吴承恩的《西游记》里当起了牛魔王？

中秋节，确切地说，是从八月初一这天起，家家户户就会在大门上挂上自己动手制作或者买来的各式各样的漂亮的灯笼。记得有一年我还别出心裁地用西瓜做了一个碧绿晶莹、玲珑剔透的灯笼，此灯笼一挂上，立刻引来无数孩子和大人羡慕的目光和啧啧称奇的赞美！

从八月初一到八月十五，不论白天和晚上，村子里都会进行滑石和拔石活动。特别是到了晚上，村子里一溜红红绿绿的灯笼挂着，伴着天上一轮明亮的月儿，村民们兴高采烈地在那儿滑石、拔石，场面热闹非凡。

滑石有两个人就可以进行，往往是一人仰躺着，一人立在身后；抑或是一人腆着肚子半躺着，由后面的两三人推着，然后飞快地向前而去。碰上对面而来的同行，也能十分灵巧地错过，绝对没有撞车的危险，那情形犹如威尼斯人驾驶着小艇在水中行驶一般，留下“咯咯”的笑声和一路硝烟的味道，煞是活泼、热闹。还有一种更有趣的玩法叫作磨莲花：就是找一个圆球形状的青石，若干人（双数）围成一圈，一半人双脚踏着青石，另一半人与之手牵手，依着青石的周边围成圆状，再以青石为圆心，按约定的方向转圈，速度越快越好，直到有人晕得不行为止。

拔石则不同，村里有一个巨大的叫作牛姆王的石头，石头的一头有一个圆圆的洞，到了八月初一这天就有专门的人用一根粗粗的绳子绑好，一到晚上，十几二十个青年后生，就会拉着那块巨石，喊着“嗨哟——嗨哟——”的号子，在村子的青石古道上来回奔跑着，后面跟着一大群看热闹的姑娘和小孩，所过之处，好像是千军万马般席卷而来，又像是那天边的滚滚惊雷……那阵势、那情景，至今回想起来，还是那样的历历在目，令人难忘。

拔石拉到最后，还有一场分胜负的决赛，我们村一共有三个小村，都是连在一起的，到了最后，那块牛姆王被谁抢得，谁就是英雄，这块大大的石头就会在自己村子边上静静地待上一年，那个村子的人就会觉得很有面子，直到第二年的八月，再次被请出来……

据母亲讲，每年的拔石、滑石要拉得越激烈越好。这样一来，村子里就会清吉、平安，就不会出现瘟鸡、瘟鸭……

只可惜，现在这一项极为有趣的运动就这样消失了，只能偶尔在回忆中浮现……

中秋雅集

朱晓剑

中秋的味道似乎越来越淡。特别是像我这样没有单位的人，中秋多半是与家人团聚在一起。而在中秋之前，总会去参加这样那样的活动，且时常被冠名为雅集。

这样的活动最不喜的是各色人等竞相上台发言，没完没了，且是带着伪善的笑。参加过几次，总觉得不大对胃口，还不如三五好友择一个地方聊天，喝茶、喝酒都成，无拘无束。

今年，在送仙桥边，一群书画、诗词、

篆刻的朋友聚集在一起，大家且听古琴曲，琴师的背后是葱绿的竹子，遥想郑板桥笔下的风致。也许是由于户外的缘故，听不大真切。

一曲终了，再来一支，依然如故。也许这样的场景并不太适宜古琴的演奏吧（旁边依然有人高声语）。时下的一些人以为与人聊古琴啦、音乐啦，就是高雅的事，其实是很多人还没学会尊重和欣赏。

听琴完毕，就是冷餐会，三两个小吃，一两杯白酒，足矣。此外，诗词大家、中医师殷明辉先生带来了泡酒，味道绝佳。

话题从周啸天获鲁奖说起，有许多秘闻掌故，且付笑谈中，我坐在一旁，旁听大家的发言，从书画说到时下的成都文化，总似乎有不少的话题可交流。陈长安先生带来其祖父陈仲年的日记片段，如今打造的成都画派，把 1949 年之前一些活跃的艺术家似有意地忽略了，有这些艺术家该重新挖掘，并整理其作品、资料等等。虽然有的艺术家在某种程度上未必为当下服务，但其绘画精神有挖掘的必要。

旧体诗人刘静松先生也是舞者，可惜他提前先走了，倘若古琴与舞者结合，更有意思一些。

古琴在成都亦有多个流派，古琴社也有好几个。本次雅集组织者，为西蜀琴剑社社长宋燕春女士。她是“巴蜀琴王”王华德最后的弟子。记得，数年前曾去王先生家听他聊古琴的故事。如今，斯人已逝，怕是难觅知音吧。

立秋，立秋

朱晓剑

立秋日，在传统意义上已经进入秋天，但“秋老虎”每年都会出现，在成都，一般热到九月底是常事。但最炎热的季节几乎是过去了吧。

周末在家，连聚会都懒得参加，看看闲书，正好。南京《开卷》主编董宁文寄来一册《纸香墨润》，八十多位作者从各个角度来谈《开卷》，各有味道，就好像是一场茶话会，你方唱罢我登场，各抒己见，有时难免意见相左，好在都是闲话，不必在意。

中午开始下雨。气温一下子降了下来，真是好天气。手头的文稿暂且放下，无须忙乎，享受这一刻的雨，也是难得。泡茶，茶是花茶，另外加上了赶黄草，味道与平时所喝的茶，自然大不相同。每天朝夕相对电脑，眼睛也吃不消，所以从去年开始，唐劳绮老师建议喝茶时，加点赶黄草在内，且这对解酒也有益处，作为酒客，真是喜爱之后的余兴。

至傍晚，雨愈大。书看到一半，就没心情看下去了。立于阳台，望向城市森林，远处的楼宇看不清楚了，虽无绿意，却也还是烟雨迷蒙。

这真是难得的景致，正适于喝茶或发呆。阳台上栽的几束花草，随风摇曳，偶尔有雨滴落在叶片之上，茶是淡了，又泡了一杯，这回没有再加赶黄草，回归到正常。

立秋这天，《成都通览》里说，立秋日，成都人便挑一担井水或者河水，烧茶服下，谓之“吃秋水”，据说可以免患痢疾。那是从前的旧事，至今还在做的，有吗？再看成都习俗，大约是不在乎此节气的吧，在饮食风俗方面，并没有那么多讲究。

在城市里生活，对农历的节气，感知的越来越少，但身体对此依然有所敏感，季节交替之时，总是有些不适。坐在阳台上，刷微信，倒似乎有这般闲情逸致的人少了。无他，这是在都市生活久的人都有的毛病——敏感于生活之外的能力大大地降低了。

茶事，在这一刻想与人分享，却偶遇不到。打一通电话，约三五知己赏雨聚会，固然算得上是一场雅集，再写几行诗句就更美妙了。但如此一来，似乎就变成了俗事。

并非是所有美好的事，都适宜分享的吧。如此一想，干脆就坐在那里听雨声，望向窗外，其实窗外也没什么风景可看，烟雨之中，让我想起在河边的漫步，船只飘零，或偶有渔人垂钓的场景，都让人有几分激动。

夜幕降临，窗外的灯光不甚明亮。晚饭后，就躺在床上，听雨声，偶有车辆驰过……这样的世界，能够静下来倾听的时间少了。

林徽因在《八月的忧愁》里说，从没有人说过八月什么话，夏天过去了，也不到秋天。那么，在这个立秋的节气呢?

秋日茶趣

朱晓剑

秋天，在成都今年终于显了形，先是下了几场连绵的秋雨，接着就是艳阳高照，不太热烈的阳光，让人觉得舒服极了。

刚好站在阳台的一角，正可西望，遥见雪山，更多的是山的形状，有人说是西岭雪山，又说是四姑娘山的幺妹峰，不管是哪一种，都让人欣喜。

泡上一杯茶，也不管是哪一种茶，绿茶、普洱，或者红茶，都相宜。搬一把椅子，支起一张小桌，就成了。

喝茶，看山。也是一种趣味。

此刻好像就在山脚下。不由得想象登山的事，惬意。可是在现实中，最近的四姑娘山或青城山，都有数十千米之遥，说去登一回山，却也费事，所以只好想想了事。

喝茶的趣味，当然在山之形状可以远眺，而非实际的行走。在我家的左侧，即是著名的三环路，不时有车穿过，形成都市的车流，若是遇上塞车，可就是壮观的车阵了。那是与看山不同的滚滚红尘。

茶喝过几杯，阳光越来越烈。但依然是极好的阳光。山开始在雾霾中转变身形，模糊，以至于终望不见身影。这个过程只有一两个小时吧。

这山对茶客当然有另一重意义。某天，又望见远山，我忍不住说出来看山的事。朋友说，真难得，是西岭雪山吗?我说我也分辨不出来，反正是可以看见山。

我又说，下次我请你喝茶，看山。真好似山是我家里似的。

但能够看山大多是早上，唯有早起才可望见。如果一大早打电话邀人来看山，岂不是扰人清梦？这且不说，串街走巷的过来，若是慢了几分，哪里还能遇见山？我不由得疑惑起来，也就没有将喝茶看山的事继续扩大。我知道，这会惹人嫉妒。

过上十天半个月，成都就渐渐地进入雾霾天，早起，也看不见远方的风物。模糊的景象实在是让人有一种厌倦。

不管天气好坏，茶还得每天继续喝下去。有没有雾霾，看不看见山，似乎也都没有多少要紧了。但秋日的那般淡然却似乎难以寻觅了。须知在进入冬天之后，成都灰蒙蒙的天气总让人有些不爽，要想欣赏远山，只有等第二年的春暖花开的时节了。

秋日的茶趣，好像灵光乍现，很快消失在生活之外。在诗人的笔下，那是可追忆的风物，可浏览的岁月，但也只是一种刻痕，只供在寂寞的时候凭吊吧。

故乡的秋天

张儒学

转眼间，又是秋天了。经过春的绚丽，夏的热烈，秋天用温柔平和的心境给人们带来一片清凉。

在这秋天里，不管是在地里干活还是在田间漫步，都有微风悄悄吹来，送来凉爽带来欢心，那沉寂了一个季节的乡间，也似乎变得热闹起来。人们站在田地边，放眼望去，一幅生动的“秋日丰收图”映入眼帘：田地里，高粱涨红了脸，稻谷压弯了腰；院坝边，梨树上的果子也成熟了……看着这个成熟的秋天，闻着醉人的芳香，人们在尽情享受着丰收的喜悦。

在我的记忆中，秋天充满着浪漫。山间有永远也散不尽的雾笼罩着，那经过努力攀升的太阳要到中午才照进山里，小伙伴们常常在雾中捉迷藏，人在雾中跑，欢笑声在山间回荡，等到玩累了时，再去偷摘一个梨子吃，也不会被人看见。等到太阳照亮山野时，已是中午时分了，我便躺在那河岸边的草坪上，望着天空中那碎絮似的白云，悠游而舒展地飘浮着，还十分惬意地说一句："秋天真好！"

这时，人们便高兴地到田野里，开始秋收。首先是到田埂上收割沉甸甸的高粱，这是在为收割田里的稻子作准备，好让田埂在收获稻子时畅通无阻。在忙碌了好一阵后，农民做累了也口渴了，便跑到院前的梨树上去摘几个梨来吃，啃一口甜甜的解渴又开心。难怪文人墨客形容秋天的词语常用"秋风送爽""硕果盈枝"，这便不难想象到，秋天不但是一个硕果累累的秋天，更是一个富有诗情画意的秋天。

秋天最热闹也最有生气的就是在田野收割稻子了。农谚道："立秋十天满田黄。"一般都是三两家人换活儿，男人们在田里割谷子的努力割，挞谷子的使劲挞，挑谷子回晒坝的来回往返地挑……总之分工明确，又看似合作得那么完美，有说有笑，笑声在挞谷声中显得那么的和谐。妇女们一边帮着做饭一边在晒坝晒谷子，忙碌而愉快，因为平时很难在一起拉家常，这时打开了的话茬儿似乎再也无法停下来，说话声一拨高过一拨，小院顿时变得热闹而温馨。

当田里的稻谷收割完了后，秋天的太阳似乎也变得温和了许多，男人们便打着牛下到田里犁田，因为有“七月犁田一碗油，八月犁田半碗油”的说法，在秋雨来临前把田整饬好，方便蓄水，在来年开春又好播种。妇女们则在晒坝晒谷子，这时的晒坝似乎就成了秋天最美丽的风景了，她们欢快的笑声，在秋天的阳光下像溅落珠玉般的悦耳动听。

人们把晒干了的谷子装进粮仓之后，院坝也像田野一样显得格外的空旷。秋夜里，在那明净如水的月光下，一家人坐在坝子里，在晚风的吹拂下，感受着收获带来的欢愉。仿佛在心里计划着，卖了粮食又该去添置几样新家具了，才能与新修的楼房相匹配。也该给在省城打工的儿子儿媳送一袋新米去，让他们品尝品尝收获的喜悦。

也有人去刚收割完的田野上走走，刚收割完稻谷的田野显得空空荡荡的，那还未散尽的稻香随着徐徐的秋风扑鼻而来，前面不远的地里的苞谷林“哗哗嗦嗦”地响，那是秋风吹动苞谷叶发出的碰撞，更是欢心与喜悦的碰撞，使得人心中乐滋滋的。抬头看看天空，月光含情脉脉地照在大地上，虽然没有春那样妩媚，没有夏那样刚烈，但却显得成熟而温柔，像少妇，能给人一片柔情、一个梦想。

突然间天空就飘来一场秋雨，秋天的雨不温柔，也不热烈，慢悠悠地飘洒而来。人们似乎也跟这秋雨一样，显得悠悠闲闲的，不是泡上一碗茶独自在院子里坐坐，就是跑去村口的老院子里与人一边喝酒一边聊天，雨不但浸润了干渴的田野，更像是在浸润着人们的心灵。虽然雨水洗去了收获后的热闹与烦琐，但却洗不去人们心中的喜悦与温馨。在一连下了好几天雨后，那刚整好的田里也蓄上了水，就像蓄上了明年播种的希望。高兴之余，人们似乎这才发现秋天凉爽了许多，秋天也深邃了许多，秋天的色彩更是浓了许多。

于是，人们到田间地头劳作时，才发现山坡上红、黄、灰色的干叶铺了一地，踩在干枯的叶上，发出“咯吱咯吱”

的声响。林间还有一些雀鸟在跳跃啼鸣，更显出林中的寂静。田边地头的野菊花开了，一簇簇，一丛丛，一片片，密密地嵌在藤茎上，鹅黄色，在秋阳的光照下，耀眼明亮；那片林子里的几棵枫树的叶子，也由深绿转为浅红，由浅红又转为深红，在秋天深蓝的天空的衬托下，红枫像一把巨大的火炬，在秋阳中熊熊燃烧！

秋天，仿佛被秋阳燃烧得五彩斑斓！

第四辑 雪兆丰年

冬至帖

张静

小时候，只晓得冬至来时要吃饺子，至于为何要吃，曾问过婆和母亲，她们也不知，但总是将那句“冬至饺子夏至面”当圣旨一般挂在嘴上念叨。直到上学了，自然常识老师讲道，这种习俗是为纪念“医圣”张仲景冬至舍药留下的。相传医圣张仲景从长沙辞官返乡时，正是冬季，他看到河南家乡的乡亲面黄肌瘦，饥寒交迫，不少人的耳朵都冻烂了，差弟子在南阳东关搭起医棚，支起大锅，把羊肉和驱寒药材放在锅里熬煮后捞出来切碎，包成耳朵样的“娇耳”，煮熟后连汤水一起分给来求药的人，冻伤的耳朵过了几日都好了。后来，人们学着医圣制作的“娇耳”，包成食物，称作“饺子”，除了不忘“医圣”之恩，更多的是缅怀。

我依然记得母亲最早包饺子的情形。早饭后，她裹着臃肿的棉衣，头戴果绿的围巾，在厨房里忙碌着，案板上的白色瓷盆里，脆生生的萝卜丁，滑润润的粉条，软绵绵的豆腐块，红是红，绿是绿，白是白，馋得人直流口水。

最喜欢看母亲包饺子的姿态。一小团面疙瘩，一条很短的擀面杖，在母亲两只手里很是灵巧地来回碾一圈，那圆圆的、薄薄的饺子皮就匀称地平摊在案板上了，然后，母亲把一大勺调好的饺子馅塞满里面，捏紧，一只只圆鼓鼓的饺子整整齐齐地排列起来，像一弯清秀玉润的月牙。

饺子包完了，母亲给锅里添上水，返身坐在灶台下，拿出火柴轻轻一擦，点燃引火用的软麦秆放进灶膛的风口，填上玉米秆或其他柴草，用嘴巴吹几下，风箱来来回拉动中，红红的火苗噼里啪啦跳跃着，映得母亲满脸通红，一丝丝的炊烟穿过锅灶，顺着烟囱逸向空中，一股子萝卜饺子的清香从锅盖的缝隙里溢出来。

毫不夸张地说，吃到饺子的感觉是幸福而美好的。因为那个时候，乡下人的一日三餐总是清苦而节俭，平日里，只有麦收前后，舅婆送端午，亲戚串门或者旧历年时，母亲才会在厨房里花些心思和工夫，做一顿臊子面，烙几张煎饼，或者烹一锅烩菜，炒两盘肉菜，招待亲戚，顺便我们也能跟着打个牙祭，至于吃饺子，更是少得可怜，故而对冬至的饺子是充满向往和期待的，就算日子过得再苦，母亲总不忘在冬至时想法儿包上一顿饺子。“宁穷一年，不穷一节”是从母亲嘴里说出来的。我深知，那一只只胖嘟嘟的饺子在锅里翻滚，活像母亲对贫瘠日子满怀的蓬勃希望。

在乡下，数九寒冬是从冬至开始的。这一天，白日最短，夜晚最长，北风最冽，把天空肃杀得昏昏沉沉，偶尔几只喜鹊在枝头和屋檐下叽叽喳喳叫着，不等人靠近，便呼啦一下，扑棱着翅膀飞走了。早饭后，我爷和三爷靠着南墙的玉米秆旁晒太阳，风一阵接着一阵吹，吹得脸蛋、耳朵和手生疼。他俩相互打趣地说，看着太阳出来了，咋这么冷，这风吹到脸上，像鬼扇耳光。晒了一会儿，抽了一杆旱烟，又朝地里走去，田野深处，也冷冰冰、空荡荡的，只有麦子和油菜紧紧搂抱着大地，不声不响地沉睡着……

冬至夜是安静的，也是温暖的。若是一个人在村子里行走，从一些人家窗户的缝隙里，准会传来唠嗑声、嬉闹声或者鼾声。最响亮的是巧儿家，她和我同岁，她家辈分高，我得唤她三姑。不用说，她两个姐姐正在给她织棉手套和袜子，花花绿绿的毛线，构成一朵梅花，连五个手指头都织出来，戴在手上舒适漂亮又暖和。不像我和大多数伙伴，只有母亲缝的棉布袖筒，写字时，手腕暖和了，手指头裸露在外，被冻肿后像发酵的面团，又疼又痒，只待夜晚，早早钻到热炕上，揉着搓着，头一歪，进入梦乡……

我爷当然睡不着了，他将我们搜醒来，一遍遍念叨关于冬至的话题，比如“一九二九不出手，三九四九冰上走，五九六九看河柳，七九八九燕归来”等等，好多呢，记不全了。成人后，时而想起，眼前总会浮现屋檐下的冰条、窗前的飞雪、饺子的馋香，以及缩在袖筒里通红的手，一瞬间，心莫名的温暖和怅然。

不知不觉，又一年冬至日，夜晚醒来，院子里，风吹起桐树上残存的几片叶子，哗啦啦响。推窗往外看，城市褪掉喧嚣的外衣，只有风飕飕地钻进来。不觉两手抱在胸前，仰起头，好大一团月，沉寂着，冷澈地悬在楼宇之间，使冬至夜愈发清宁安详。

小寒

张静

在我的家乡关中地区，小寒似乎是严冬的一个分水岭。只要这个节气一到，真正的冬天就开始了。这种感觉从我幼小的时候就有了。那个时候，小寒夜，北风肆虐，刮得窗棂呼啦啦响，风雪夜归人，父亲从砖窑归来，满脸通红，一身寒气。他一进门，不停地用两只手搓着耳朵，或是脱了鞋子赶紧爬到热炕上，前胸后背烙上一会儿，才暖和过来，眉头舒展了。

许是身体瘦小羸弱的缘故吧，起初，我并不大喜欢这样的天气，总觉得那种脆生生的、嘎巴嘎巴的冷实在令人难以承受。尽管母亲给我的棉衣缝得格外厚实，可只要出门上学，猎猎的寒风直往人的骨缝里钻，脸上更觉得似刀子在刮。某日，我在作文本里写道：我是严寒里的一株稻草。老师当作范文在读，可她哪里知道我内心填满的畏惧和无奈？

小寒时，大地沉睡着，将所有的秘密都藏了起来，只有夏天的麦子、秋天的苞谷，以及一些杂粮，被统统装进口袋，放进粮仓，父辈们看着它们，心是安稳的。女人们把玉米秸秆码起来，稻草码起来，前院后院，小山一样的柴草垛，挡着四处刮来的寒风，即便住在低矮陈旧的土屋里，也觉得温暖很多。

这时，乡亲们会真正闲下来，农具自然被一一安妥搁置起来。诸如门背后的锄头镰刀，找出来用磨石磨亮，挂在仓房的墙上，像一幅凸凹的陈年壁画；铧犁要先用煤油清洗除锈的，然后上紧螺丝，涂上黄油，用苫单盖好；使松的镐头，用斧头揳上木塞，使其严紧；镇压的老石磙，用清水刷一刷，放到角落里。我爷后半夜里起来，须给耕牛添一捆稻草。牛冬天要长膘的，它们是我爷的命根子和老朋友，劳累大半年，也要休养生息的。

天冷得不像话，一起冬藏的，还有从地里收回来的冬菜。记得住老庄子的时候，家家户户都会在院子向阳的角落里挖个菜窖。菜窖里搭上木架子，把大白菜一层层摆好，隔些日子倒腾一下，防止腐烂。墙角的土里，埋上大萝卜和胡萝卜，它们不糠，水分足。我婆过日子更仔细，她老人家将深秋时窗台上晒的豆角干、萝卜干、茄子片和煮熟晒干的菜籽苗都装在粗纹布袋里，挂在仓房的墙上，可以炖汤菜吃，皆是乡下人的美味。

我二伯家条件好，碰上镇子里有集了，提两块猪头肉回来，隔着墙头喊父亲过去，于滚烫的火炉上煨二两高粱白，差二娘切一盘萝卜块，几片酸菜心，猪肉炖粉条，热气缭绕，香气四溢，酒未进肚，人已有三分醉意了。

我小妗子是四川人，乡下人的日子好起来后，每到小寒，她都要做腊肉的。腊肉要买五花肉，揉粗盐，白糖少许，用白酒泡茴香、八角、五香粉等，入味，放置一夜，再用老抽上色，即可放阴凉处阴干。做焖饭时，切几片腊肉进去，开锅满屋浓香。当然了，还有腊肉炒西芹，绝对是小妗子的拿手菜，倚红偎翠，亦是酣畅。

数九寒天，若落一场大雪，村子更安静。热炕上，花猫慵懒，整日蜷缩着睡大觉；妇女们盘腿坐着说家长里短，走针纳线，做棉衣、棉鞋、棉手套；男人们大多蜗居着，收了锋芒，养精蓄锐，等不远的春天。

小寒天，日历被撕得越来越薄，一年将尽，腊八抬脚便到了。你瞧，天刚麻亮，勤快的女人们早早起来，下到厨房，煮一锅腊八粥。

若干年后，爱上文字，亦会翻一些与节气时令有关的古书。书里的小寒，大多戾雪寒鸦，苍凉孤寂。不过，亦有豁达之士，日子虽清苦，却不缺风雅。如明代刘侗、于奕正的《帝京景物略》里载有小寒的描摹：冬至日，画素梅一枝，为瓣八十有一。日染一瓣，瓣尽而九九出，则春深矣，曰九九消寒图。亦有写字的，即九个繁体字：亭前垂柳珍重待东风。每个字皆是九画，描红一样，日描一笔，描完，便是春天了。细细想来，颇为心动。那一瞬，心生无限感慨，冬野清旷，我无法风雅，姑且与大地、与小寒一起，隐姓埋名，又如何？

大寒

张静

不觉间，大寒已至，小城开始充满年味。昨夜，公公来电话了，说家里亲戚要嫁女，发了喜帖，意思让回去一下，撑个面子。想着得赶紧把给公婆买的新棉衣送回去派上用场，一口答应了。放了电话，算算日子，正好周末，于是，再次踏上回乡路。

夫的老家属于真正意义上的旱塬。一路上，由于干旱少雨，冬日里，随意散落、尘烟四起的村庄和果园光秃秃的，充分写意出了“土黄色”一词的意蕴，这单调的颜色，也只有在太阳升起来的时候，才被熏染出一丝硬邦邦的暖意来。

夫家所在的村庄叫西店头村，未及其身那一年，我固执地认为这一定是个曾经的江湖村落，比如会有刀光剑影、南调北歌、风花雪月，或者其他诸多的江湖故事。可当我第一次随着逶迤而上的土塬高坡慢慢靠近时，才觉得，其实，它就是一个在时光河流中缓慢行走的旧村落，慢到村庄的外衣依然旧得像我曾经十几岁时的村庄颜色，老树、老房、老墙、老路，一切都是老旧的；慢到这里的老人们依旧每年冬天穿老棉袄、棉布鞋，戴火车头旧棉帽。他们满身黄土，满脸褶皱，手背着，腰弯着，慢腾腾地从高矮不一的土墙下或者宽窄不一的小路走过，太阳暖暖地照着，脚步缓慢，时光缓慢，慢得与世无争。

那一瞬间，我总有一种冲动，撑一副画板，握一支画笔，一蹴而就，成一幅沧桑油画。可我笨拙的手，只在空中画了几条弧线，便愣在那里迟钝不堪了，我只能呆呆地望着他们的背影，和土墙、阳光一起矮下去。

要说的是，身居乡下，思绪总平宁，故而包括城郭之喧嚣、工作之烦冗、人际之纷争，统统都放下了。夜晚，漆黑一片，静谧一片，偶尔几声狗叫，完毕又静下去了。好像还有风，在院子里，溜了一圈，便躲起来了。或许，它原本是想把牛儿、猪儿、羊儿等牲口赶回圈里，可如今，这些属于村庄的活性之物，貌似没有几只了，风觉得无趣，便尴尬退去。风声听不见，夜便沉默了，村庄更寂寥了。乡里人关了门，蜷缩在炕头，脚对着脚，头对着头，前尘旧事，东家长，西家短，絮絮叨叨的，打发一夜时光。也有人家，儿孙都去城里住了，孤老两口，早早熄了灯，和夜一起睡了。诸多未了的心思，未说的故事，只在夜里，在梦里，泛滥不休。

我们一回来，公婆的炕头不安静了。公公说村子里吸毒的那家又死了一个，留下三十万的高利贷给两个未成年的孩子。我惊诧，这么偏远的乡下还有吸毒的?

咋没有? 咱周围好几个庄子都有，而且是一窝子，昨天埋的那个，弟兄两个吸毒，媳妇也一起吸。春天里媳妇死了，这回男人一死，一个家彻底没了。公公唉声叹气地说。

他的话刚落，婆婆又唠上了，问我是否记得小叔子走的那一年来家里热心帮忙跑前跑后的五姨? 我说，忘记了。婆婆说，人也死了，六十刚过，癌症，瞎瞎病，没钱看，咽气时，眼睛睁得像铜铃。这不，刚刚过了五七，魂魄不散，附在新娶的儿媳妇身上，好好的，儿媳妇突然说胡话，走路绊倒，睡觉乱喊，说话腔调简直和五姨一模一样，给念了一场经，算是安心送走了……这些村里或唏嘘或诡异之事，若放在之前，我是断然没有耐心听下去的。如今，许是年纪渐长，经历多一些的缘故，竟然也会陪着他们细细听过来，顺便附和几句，让一段时光在老人的絮叨里细嚼慢咽而过。

公婆说累了，回厢房歇着去了，我却清醒得无法入睡。心里一直在想，这些声音，在村子里，肯定不止一家的炕头有，你一句，他一句，就把村庄的夜晚填满了。难怪刘亮程在《一个人的村庄里》说，夜晚的村庄是醒着的。他只说，庄稼在夜里缓慢生长，小孩在夜里长得快，牲口在夜里也没命地长。可我还想说，在这寒气逼人的夜里，一些打上乡下人烙印的东西，隔着东墙，隔着西墙，被漫不经心地拽出来，发酵和膨胀。

正在愣神中，窗外，从村子北头传来秦腔声，可以听出来，唱的是《周仁回府》里的《哭坟》，哀婉动人。夫说，唱大戏的，是村子的外姓人家，姓张，都唤他张四，是当年从河南逃荒过来的，父母被饿死在逃荒路上了，一个人孤苦伶仃，流落到这里。村里人看他人诚实又勤快，就准许他在村边上的果园里搭了一个棚子，算是讨了活命。还好，这个张四有编篾席子、簸箕、笼子、耙子的手艺，靠做零活和走村串乡篾农具的手艺吃饭，算是讨了活命。后来，碰上村子搞联产承包责任制，分得几亩薄田，成了西店头村真正的村民。

张四对村里人心怀感激。农闲时，他经常免费为街坊四邻修补筛子、席子等，人缘很好，加之他手艺精，腿脚勤快，不出几年，盖了三间新瓦房，说媒的把门槛都踩断了，很快娶到邻村队长家里漂亮贤惠的女子为妻，日子越过越红火。

很多年过去了，张四依然在做篾匠，他的两个儿子像泡桐一样高大壮实，日子安稳。不料三年前的秋天里，张四老婆去镇上赶集，横穿大路时，被一辆大货车碾死了，赔了不少钱。加上张四大半辈子积攒的家底，他很快给两个儿子买了两院新房子。两个儿子也很快娶了妻，生了子。儿子媳妇喜上眉梢，张四却经常对着老伴的遗像发呆。

张四渐渐老了，双腿患了风湿，自个儿闷在心里。其实，他这病和这些年风里雨里跪在潮湿的地上做篾匠活有很大关系，可早已分家的两个儿子只顾自己的小日子，不闻不问。去年，张四病情加重，腿膝盖变形，想伸直动弹一下都钻心地疼，自然不能做篾匠活挣钱了。儿子不高兴了，觉得是累赘，你推我，我推你，没有一个愿意给老人养老。后来，村委会出面调解，让两个儿子轮换伺候，并白纸黑字按了手印，总算使张四的三顿饭和生活起居有了书面上的基本保障。

起先，两个儿子还能遵从调解，老大伺候一个月，完了老二伺候一个月。日子长了，两家都没耐心了，也不再接老人去家里了，只是顺道过来送一口饭，难免饥一顿饱一顿，冷一顿热一顿。这不，大寒降临，老人患风寒感冒，夜里，撕心裂肺一样的咳嗽声让两邻家听着不忍，过去看了看，给提了壶开水，炕眼里塞些柴火，让他冷了赶紧点上。两日后，听不到一点儿声音了，邻家觉得奇怪，又过去看。结果，张四蜷缩在炕沿下，手里拿着火柴，身子已僵硬。邻居赶紧一路小跑给张四大儿通报。

大儿媳妇一脸平静，和脚下踩死一只蝼蚁一般，轻描淡写地说，死了好，上天享乐了，不受罪了。接下来，更令人意想不到的是，两个儿子从银行各自取出一万元，大手一挥，大操大办，摆大席，宴请街坊四邻。席上摆满了八凉八热，鸡鸭鱼肉，吃是吃法，看是看头。这还不算，还请来周至的大剧团唱大戏，两天两夜，秦声缭绕，好不热闹！

从老家回来两日了，公公电话里说，村里人嘴上抹足了油水，背地里却在叽咕和骂娘，骂张四两个儿子活着舍不得花钱养老人，死了葬送那钱，阎王爷都不会饶恕的。

公公的语气里有愤懑，也有无奈。我一定可以想象到，戏台上面，戏子水袖轻扬，满脸油彩，咿呀咿呀，戏里戏外，人生几何？而戏台下面，伶仃几个老人，裹着臃肿的棉衣，侧耳聆听，秦腔里的绵长，一点一点舒展他们皱紧的眉头。风从台上刮到台下，刮起尘埃一片。院子里，一张彩条布搭的棚子里灯火通明；满脸通红，满身油渍的胖厨师忙活着，几条鱼扑腾在油锅里被火燎，被生煎。这样的场面，如今在乡下，已是司空见惯了。

冬日饮茶记

朱晓剑

成都的冬天，阴沉沉的，今年又变得灰蒙蒙的。这样的天气，让人生都觉得几乎变成了灰色。

因此，能待在家里就待在家里，尽量少出门，在成都生活，却像一位隐士，能不参加的活动，尽量不参加了。

艺术评论家、策展人陈又打来电话，约着喝茶。这有点意外。两年前，她去了上海，偶尔会路过成都，也早早约着喝茶，却从未兑现，想必是太忙，喝茶的闲事却顾不上。

喝茶的地点在陕西会馆。这是在陕西街上的蓉城饭店里的一处古建筑。到这里喝茶的人不多，大概跟成都茶馆氛围的热闹有关，这安静了许多。我曾数次来蓉城饭店参加活动，却未曾来这里喝茶。

这就像我家离金牛宾馆很近，却未曾去拜访张大千茶居一样。这样的事，在生活中有许许多多。

两点钟，我坐车至东城根街，再步行走到陕西街。冬阳暖暖，边晒太阳边走路，也惬意。刚好包里带了册寿岳章子的《京都思路》，漫步在京都，跟成都的氛围多少有些相像。

会馆里自成一个院落。最早，这里有四进院落，道路改建，面积就越来越小。好在还保存了原貌。院子里有两株银杏，因之，这也被称之为银杏园。倘若是秋天，一树金黄，也真是好风景。

房舍还是清代建筑，木造结构。这里也是酒店客房的一部分。在门楣上却挂着银杏画廊的匾额。画廊也是四川长江画院的所在地。坐在廊下喝茶，也很舒服。整个下午就三四桌人，安静的氛围。诗人孙文也来了，跟他认识也有十多年的光景了。

平时在一些场合相见，却难得有时间坐下来喝茶聊天。

点了壶胖大海养生茶。孙文上楼，端出一杯绿茶来，那是他的最爱。过了一阵，凌文艺术的李凌也来了。

喝茶，聊天。聊的是艺术，真不大懂得。成都虽为艺术之城，但像我这样，不懂艺术混迹于艺术圈的多了。看的是热闹吧。聊艺术家，说有一位艺术家，被介绍给外方，随后，他就丢开了介绍人，径直联系外方。如此，就弄得有点尴尬了。画品好，人品需更好。大家说。

作画作文，道理似乎一样。

举成都一些画家的例子，有一些虽没看过多少画作，因对艺术的关注，多少知道一些事。有的艺术家因为很会跟朋友交流，哪怕是成名之后，都不忘最初提携自己的人。这其实是做人的基本道理，懂得感恩，似乎也该成为常识了。

茶越喝越淡。看看银杏树，枝头上几许残叶。孙文送了册孙谦、邱光平合著的《人马座升空：诗写邱光平艺术》。翻翻，书很不错，可惜装帧设计有点欠缺，没能把书的价值更好地表现出来。

想起以前在银杏树下喝茶的场景，这样的闲情也是很久都没有了。朋友都有事要忙，每次见面总会说着“下次喝茶，一定好好聊聊”，可久而久之，就没了下文。

在成都，许多约会当不得真，似乎男女约会例外。

有缘喝茶、晒太阳，无缘，哪怕是见了一面，也是匆匆的，更不要说坐下来，喝一杯茶，聊一阵天了，奢侈。

冬日，在一剑楼

朱晓剑

《日记杂志》主编于晓明来成都出差，只有大半天时间，于是顺道来我家里走访。上次晓明兄来成都是去年的事，我带他泡茶馆，喝茶聊天，然后小饮几杯酒。这样的聚会，蛮开心。

这段时间，我大部分时间一个人在家里，写稿、看书、饮茶，几乎是每天都在进行的事（因为咳嗽，好些聚会都取消了）。这样的状态，平淡，或者说是少滋味，自己满意就好。

爱书人到一个地方游玩，其实谋求的是朋友聚会，看看书房，逛逛书店，似乎比去景点有意思多了。晓明兄来成都之前，他就问我能否来参观我的书房。我家的书乱七八糟地放着，说书房，似乎说不过去，也算不上是书库，因书的量实在少。但有朋友来看看，也是让人高兴的事，就答应了下来。

我也去看过好些朋友的书房，风格各异，但不像我这样的乱叠在一起，有时找书也是麻烦事。晓明兄这几年，奔走于北京、蓬莱、天津等地，不忘阅读，每到一地都与爱书人聚聚。

不到十点钟，他就给我打电话说他快到了。我下楼，到金牛立交桥那边等他，等了很久也没看见人，他说已到小区门口。我就急匆匆地往回赶。见面，聊天。将他迎到家里。家里简单收拾了一下，看上去依然很乱。他随意地看书，我则准备好了《书店病人》《后阅读时代》，签名，留念。然后泡茶，茶是湖南的寒红，正适宜这有点阴冷的冬天。然后就坐下来聊天，说书人、书事。

原本我在九月的山东之行，计划去济南、蓬莱，因为十一假期临近，要赶回成都宅起来，就只好早点走了。结果还在路上，晓明、自牧兄都在短信问什么时候可以到，已经约几位朋友“好好聚聚”。真是遗憾得很，把酒言欢，也很美好。十月株洲读书年会，晓明兄原也打算去看看，车票都订好了，但因家里临时有事走不开，就又错失了时间。好在，有了今天的相聚，可以少一点遗憾了。

关于书斋名，也没有想取一个。记得去年西安才子崔文川做信笺时，取了个“一剑楼”，大家觉得蛮好。自牧亦说，改天写个书斋名。晓明说，这个名字好。所以我也就没再去想什么斋号，只叫“一剑楼”就是。

茶是喝得越来越淡，从《书脉周刊》聊到《日记杂志》，以及他创建的中国日记资料馆，提出一些设想比如做一系列的日记本，征集名家日记，可影印出版，作为内部资料发行等等，但如何运营显然需要更多的思考。晓明兄谈起他的想法。

交流甚欢，眼看着临近中午，两个人吃饭就太没劲了。先是想着联系龚明德老师，但距离他所在的学校太远了。于是联系毛边书局傅天斌。他们也是十多年的老朋友了。刚好，他在清溪东路有间书库，不妨先去看看。我第一次到他的这间书库，说起来，上次去五大花园的书库差不多是十年前的旧事。于是，又选了伍立杨自选集毛边本四种，送给晓明兄。打车去毛边书局的书库。书还没有完全搬过来。

这几年，天斌兄收书多多，有十万册之多。最近他也在参与到全民阅读的公益活动，看上去很不错。见面，聊天。随后，又去天斌兄家里坐坐。想不到家里也堆满了书，他可真是少见的书虫。

中午，就在清溪西路上的李记府南饭店吃饭，点了几样菜，要了三瓶啤酒，小酌一下。聊天依然是书人书事。坐到两点钟，晓明兄要赶回天津，只好各自散去。

腊月

张儒学

在我的记忆中，农家小院里最热闹的还算腊月。腊月就是天气最冷的时候，腊月就是街上的服装店生意最兴隆的时候，腊月就是从农家小院里飘出一缕缕熏腊肉的烟雾与香味的时候。

腊月就是最冷的大寒数九天，老人躺在床上不出门，不停地问还有多久立春？而小孩子就不同了，心中最高兴的时候就数腊月了，在腊月里，大人一般情况下不打骂小孩，因为他们心中常想到，要让来年吉利，就得忌嘴，更有“腊月忌尾，正月忌头”之说，所以在腊月里就得有一种好心情，凡事都得忍让和包容。

腊月里，不管有钱没钱，家长总得想办法上街去给自家的孩子买上新衣服，好让小孩在正月初一穿上，高高兴兴地迎接新年的到来。这时，也不再心疼钱了，不管卖衣服的摊主要价多高，只要孩子喜欢，都得买下。最让孩子们高兴的事，是在腊月里杀猪时，可以跟着大人们今天在这家吃“刨汤”，明天去那家吃“刨汤”，而自家杀猪时，也请上亲戚朋友，左邻右舍慢慢地坐上几桌，好好热闹一番。

尤其是常年在田野上干活的庄稼人，最盼望的也是腊月的到来，腊月里田里的农活基本上干完了，可以上街去放心喝茶，可以安安心心去走亲访友，十天八天不会被田里的活儿困扰。家里的妇女也最清闲，圈上的肥猪该卖的卖了，年猪也杀了，回娘家去住上一阵子也无牵挂。总之，腊月就是一年来最清闲的日子。在外面打工的山里人，心中最盼望的也是腊月，因为腊月的到来就预示着春节快到了，“五一”“中秋”“国庆”都从未放过假的厂里，只有在春节才放假，放假便可以安安心心地回家过年。

每到这时，心中总是在构想着给父母买上点什么礼物，在那一个又一个失眠的夜里，总是感到家的温暖和美好。

一般在平时除了过年过节，或者红白喜事偶尔热闹几天的农家小院，仿佛一下子变得热闹起来了，因为在腊月里家家户户都要杀年猪。杀年猪那天，首先要请上亲朋好友，左邻右舍来吃“刨猪汤”，同时还要请上几个身强力壮的男人前来帮忙。于是，不管手里有多重的活儿，大家都愿意前来帮忙。其实，杀年猪也不是什么大事，也要不了这么多人帮忙，可就是希望人多图个热闹。

一大清早，前来帮忙的人就在院坝用砖头砌上一个土灶，一口大铁锅里添上满满一锅水，开始烧水，然后就是杀猪匠的一阵忙活，人们的笑声、孩子们的欢笑、老年人的唠叨声……使小院里充满着节日般的欢乐。

最热闹的还是在一切忙活完了后开席时，大家开心地喝酒、高兴地说话，天南地北地乱侃，开始还能扣上今儿个杀猪的主题，后来就偏离主题了，什么今年的收成、春节的安排、来年的计划，小到周边七荤八素的新闻，大到国家时事，等等。这时，有人听得津津有味，有人在大块吃肉，也有人在大口喝酒……主人家也特别高兴，因为在人们的心里，杀年猪就是过节。随后，你杀年猪请我，我杀年猪请你，不光是小院热闹起来，就是整个乡村也得热闹起来。

在腊月里熏腊肉也是一大特色。在年猪杀了后，总要挑选几块不算大的肉，放在缸里用盐泡，在肉泡进盐后，就开始慢慢地熏。他们熏腊肉时特别认真仔细。那时，在每顿煮饭时，把肉挂在灶头上，而那烧柴煮饭时的炊烟，再加上时不时添点生柏树枝一起烧，这样烟雾更大，好熏挂在上面的腊肉。似乎就把这几块腊肉当成宝，每煮一顿饭就从屋里提出来，挂在灶头上慢慢地熏，饭煮好后又提进屋里挂着，生怕自己在外出干活时，不小心被人把腊肉偷走似的。

腊肉一天比一天黄，一天比一天香，但平时似乎从不煮来吃，一般都要放到过年，更要等家里来客时才能煮来吃，而且每次也只能煮一点点，似乎只能让客人尝尝似的。有时家里请个石匠来打个灶修修猪圈什么，或者请个木匠来做个脚盆修修水桶什么的，每天晚上也要煮上一点儿来款待匠人。

由于乡下的日子渐渐地好起来，每家每年都有年猪过年了，而在杀了年猪后，高高兴兴热热闹闹地请乡亲们吃“刨汤”外，就是忙着灌香肠和熏腊肉。因为是自家杀的年猪，谁也不像原来那样只挂在灶头上熏两块肉了，而是单独在院坝挖上土灶，专门熏上十块八块的，吃腊肉也不再是要来客或者请匠人才能吃，而是想吃就煮。这样，凡是在腊月里，到处都飘浮着熏腊肉的香味。

我就是这样一个常年漂泊在外的人，平时过什么节都从未回过家，也从未有过想回家的念头，因为工作繁忙和路途遥远。而每年春节都得回家，不管手头有多么重要的事情要办也都得放下。只要一到腊月，心中就有一种高兴劲，想到了父母一定在计算着今天是腊月初几了，离过年还有好多天，一定在将猪尽量喂到月底，即使年猪已经杀了，也要选出一块最瘦的肉熏上，还要灌些香肠，因为从小到大，我最喜欢吃母亲熏的腊肉与香肠了。由此，腊月就让我心驰神往，充满着期待与梦想。

腊月对于一般人来说，是那么富有情趣，是那么让人心动，办年货、打扫房屋，忙得不可开交。腊月还有一个重要的意义，便是象征着一年的结束，新的一年又将开始。不管在这一年里成功也好失败也好，赚钱也好亏本也罢，管你愿不愿意都得画上一个句号。在这腊月里，老人们又在自语道："我又高了一寿！"年轻人小孩们又在大声说："我又长了一岁！"这话听似简单，实则包含一种岁月的无情与人生的无奈。我也在心中感叹道："腊月一过，我又漂泊了一年。"

每到赶集天，大家都急着办年货，小镇上就特别的热闹和拥挤，人们根据自家的情况，有买的、有卖的，一把青菜、一筐萝卜、一捆香葱、一把粉条、一筐土豆……寒冷抵不过人们的热情，肩挑背驮的人们敞开了胸怀，有的干脆脱掉棉袄，飕飕的寒风中，他们身上却冒着热气。卖了的又买，买了的再买，还不时地相互打着招呼，相互欣赏着自己精挑细选的"佳品"。

在我的记忆中，每到腊月，不管家里再穷，母亲也要想尽办法办些年货，以前似乎买些简单的粉条、海带、水饺、汤圆等，后来生活好了，就要买些香肠、黄花、耳子、花生、糖果……同时，还要专门买些孩子们喜欢吃的米花糖、瓜子等，因为在过年时好让前来玩耍的小孩子吃。当然，这些东西买回来，也不一定要等过年才吃，而是我们可以随便拿来吃，平时再节约的母亲，也不会骂我们，因为这是在腊月。

尤其是母亲煮的腊八粥，更是香喷喷。因为吃腊八粥是乡下的习俗，所以母亲再忙也要煮，记得早年我家穷，母亲只能用豇豆、莲豆、小米弄干磨成粉，做成腊八粥让我们吃。现在母亲煮腊八粥更讲究了，她非常精细地挑出大小豇豆里煮不烂的贼豆、虫咬豆，选配各色大莲豆，还在里边放上花生米、红枣、莲子、核桃仁、葡萄干，以及村里人闻所未闻、叫不上名的干果子，快熟时，倒入纯白糖，搅匀，这样煮成的腊八粥不要说吃，就是看着都香。为此，腊月在我的记忆中，总是这样香喷喷的。

腊月里常常会下雪，洁白洁白的雪漫山遍野，让人想到“瑞雪兆丰年”。可就在这下雪的日子里，我看见院前的蜡梅却傲然绽放，让人想到“梅花香自苦寒来”“梅花欢喜漫天雪”等诗句，对梅花给予了不同角度的赞美。这时，远在故乡的母亲总会打来电话说：“天气冷，要多加点衣服。”母亲的话，就像这冬天里的阳光，让我感到无比的温暖。腊月，就这样因为雪而美丽，因梅花而多彩，因为母亲的牵挂而温馨和幸福。

腊月，就是被农家小院里那熏腊肉的炊烟熏浓的岁月，就是被服装店里那些花花绿绿的衣服点缀的岁月，就是被每一个漂泊者回家过年的匆匆脚步，踏得缠缠绵绵的岁月……

冬日小品

张儒学

转眼秋已离去，冬天不经意间到来了。

在这冬天里，清晨那一轮橘红色的太阳从山顶上慢悠悠地走来，给冬天的大地涂抹上了一层霞光，整个大地都充满着暖暖的、淡淡的、美丽的色彩。然而，这丝丝缕缕黄灿灿的阳光，赶走了山间环绕的白雾，驱散了雾障霜凝的朦胧，像一个老人用和蔼和慈爱的微笑，收纳了一切喜怒哀乐，包容了所有的兴衰枯荣，让那有过春生、有过夏长、有过秋收的大地，在冬天仍旧充满着欢乐与温馨。

抬眼望去，老屋外那两棵梧桐树上的叶子也变得五彩斑斓，它们等待了整整一个季节，终于变得成熟了，终于可以展示一下自己了。微风一吹，飘飞的树叶像掠过窗外的鸟儿，不断地拍打着古老的窗台。整个房前屋后便铺满了落叶，遍地都像铺上了彩色的地毯。仰望树上那些枯瘦的枝丫，树梢上留下的稀疏的叶片，它们在风中不停地飞舞着，好像一只只彩蝶。

冬天，微风里总是夹裹着丝丝凉气，大地被一层缥缈的轻纱笼罩着，那淡淡的烟云在浓雾里飞舞、弥漫着，浓雾下，一切都变得朦朦胧胧，空气是那样的新鲜，沁人肺腑，深深地吸一口，甜丝丝，冷冰冰，爽到心底；那些耐寒的花草树木依然展露着秋的风姿；枫叶在鲜艳中透着高洁，以红色显示生命的灿烂；小草青青，在冷清中渲染了绿意，向即将来临的冬季释放出最后的美丽。

冬天的山坡、田间、原野，给人一种萧条而迷茫的感觉，变枯变黄的树叶似乎在微风中飘落。天空逐渐开阔了许多，没有了云卷云舒，极目望去，很难找到大片的云朵，只有零星的几朵藏在某个角落。远处的大山，像一个男子汉似的，高高地站立着，袒裸出坚韧与挺拔。人们不再为收获而忙碌了，似乎更加轻松愉快地走进这初冬时节，寻找只有在冬天才有的梦境。年轻人偷偷地跑去山野田边，不是去劳动，而是尽情感受着只有在初冬的阳光里才能储蓄的梦想与憧憬；老年人却端个凳子干脆静坐在院坝里，尽情地享受只有在冬天的阳光里才有的温暖与回忆……

在这冬天，浓重的白霜盖住了田块、农舍，还有孩提时放牛割草的草坪，儿时与小伙伴们放牛时暮归的歌声，还有捉迷藏时的欢笑声。透过太阳照亮的薄雾，山下那一幢幢新修的小洋房里，充满着欢乐与温馨，也似乎在这雾中飘散着；那新修的从村里通往镇上的宽阔平整的乡村公路上，汽车那刺耳的喇叭声，像一首欢快的田园交响曲。

在冬天偶尔也会迎来一场小雨，乡间那铺满落叶的山路又变得多彩而充满诗意。有些怕冷的老人，早早地穿上了厚厚的棉衣，皱巴巴的脸上，总是充满着期待与盼望。垂柳，这最具女性气质的树种，枯黄的发梢，随着冷风起起伏伏，好似摇晃着萧条落寞。冬天的雨不像春天一下就停，也不像秋天的雨那么缠绵，而是多了一些寒冷和孤寂。前几天还穿着时尚秋装的女孩子，也无奈地拿出厚厚的冬衣，搓着手，跺着脚，逢人便说："好冷啊！"

但往往在下了一场小雨后，冬天的阳光又显得格外的迷人。那悠闲了一个季节的山里人，在田野里高兴而熟练地播种着麦子，一粒麦子就是一个生命的诞生，一粒麦子就能孕育出无数个希望。在播下麦子后，他们会围着火炉，温上一壶酒，慢慢地品味着初冬里的悠闲，品味着冬天里的充实。

然而，在这冬天里，阳光似乎是在告诉人们，不久将迎来更加寒冷的深冬，不久还会迎来一场大雪，但似乎也在告诉人们："如果冬天来了，春天还会远吗？"更在让人们懂得冬天冰雪的覆盖，是在孕育着生命。因为经过春天播种的热闹，经过秋天收获的欢乐的他们，似乎更加懂得冬天才是一个孕育着梦想、蕴藏着生命的季节。没有冬天，哪来春天和秋天？没有冬天冰雪的覆盖，哪来春天的百花盛开？没有冬天的守望与期待，哪来秋天的稻子飘香？……

那清澈得让人觉得有些寒冷的冬水田，似乎在为失去的春的躁动、秋的收获，更为早早到来的冰雪的覆盖而失去了信念时，也让它看到了希望。因为在这暖暖的阳光下，鱼儿又开始在水面上游动，鸟儿又在空中飞翔，水波又在微风中荡漾。那高高挺立在山坡上的树，那光秃得如裸露着筋骨的树干，就像一个男子汉一样，支撑起山里人的信念与希望。

从那挺直的树干上，人们似乎看出它是在积蓄着所有的力量，好在来年的开春后长出新芽！

二十四节气

陈理华

立春

立，在甲骨文里像一个人正面立地的形状，本义为笔直地站立。当这个站着的立字和暖暖的春字并在一起时，如火苗一样，串联起无数的动词。

立春，是新旧季节的交接。当阳光穿透万丈红尘，万物开始复苏时，满山的冰雪、苍凉和冷漠都将远走高飞。

这时，春牛在原野上贪婪地食草，眸

子塞满了绿意，农人也在田地里满怀希望。天更蓝，草更绿，大地也更丰腴，像一个身怀万种风情的女子，为平淡的人间立起一个亘古不变的暖洋洋的信仰。

寒冷的冬夜里，生命的真谛也在泥土里挣扎。而如今，破土而出的新芽，带着梦想的翅膀，飞向花红柳绿、繁花似锦的景色里去。在浪漫和温馨中，用温情的目光向一绺婆娑的柳条表白着情意，或是用一朵桃红来点缀着未来的憧憬，一片生机盎然的花朵的绽放，也是这个季节里最动情的话语。

立春这天，人们欢天喜地地挂灯笼、插梅花、泡青茶、放鞭炮……用最欢乐的方式迎接着春的到来。

而带着温暖和柔情的春，也随着一缕阳光，照在田间地头，照进人们朴实的心里，也照亮了世间所有的沧桑。

春在农人心中占据着重要的位置，所以在农村，立春这天家家户户都要举行声势浩大且寓意深刻的迎春仪式。

一开春，就要用到牛来劳作了，村民认为春牛是和春一起到来的，故而立春这天要到水边砍来芦苇，斩去芦苇的尾叶。老人说这样子就代表着你家的芦苇被春牛吃过，也就是说春牛来过你家，这年，你家无论种植什么都会大丰收。

这天人们还要到山上砍来茶枝，采来梅花，将青青的带着叶子的茶枝与梅花同芦苇一起，用红纸条箍好，插在大门两边的香插和供桌的香炉里。

大厅四方供桌上方还要贴一张写有春字的红纸，旁边摆上一棵白菜、一棵芥菜、两根大蒜与一碗清水，水碗里还要放上一小块剪得四四方方的红纸。

除此以外，还要放上代表白银的两根白粿，像金子一样的黄灿灿的一床年糕，有了它们就等于有了宝贵与荣华。供桌上还要放着一杯酒与一杯茶，用来迎接充满希望的春天。

村民们认为春是大于年的，若是年前春，迎春的年糕可以用来过年吃，要是年后春，过年的年糕是不能用来迎春的。

时辰一到，人们便忙忙碌碌地设香案，点上香和烛，放起鞭炮，普天同庆中，热热烈烈地把春天迎接到自己家里来。

雨水

翻开日历，一个湿漉漉的词如雨后的新笋似的，一下子就冒了出来，它就是雨水。

如果把立春比作大姐，那雨水就是二十四节气中的二姐。她带着春风这把亮亮的剪刀，把柳叶裁得细细的，也把那些干涩的泥土变出了一层“草色遥看近却无”的淡绿来。

在蒙蒙的雨水里，天自然也开始渐渐变暖。天空中时不时飞过一排回归的大雁，田野上也铺满了一拃高的葱绿色的麦子苗和一丛丛长得老高的碧绿的芥菜，在微雨中显得那样生气勃勃。

风悄悄地掀起了大红春联的一角，那被吹起的春联，便一上一下地飘着，发出欢快的扑扑声。

雨水一来，连空气也湿漉漉了起来。那些村头上的树枝在风里不停地舞动着，如姑娘们柔韧的腰肢，好看极了。门前的泥土里也泛着光亮儿，很是润泽，好像是谁不小心泼了一层油似的。最美，也最有诗意的是屋檐上滴下来的雨水，轻轻地敲打着那条数不清有几多岁月的青石小路，飞溅起的雨花，也在地上顽皮地跳动着。

雨中，有两只穿越而来的燕子倏地一下就飞到一户人家的屋檐下。这时不知是谁家吹起了笛子，那笛声如一条柔软的丝线，在雨中游动，不知不觉间就把那些在乡间飞舞的燕子，如音符似的串起来了……有了燕子的加入，雨中的笛声中也变得热闹且朦朦胧胧起来。

雨水的滴答声，仿如一声转眼千年的呼唤。飘散了千年的雨水，顺着水渠，慢慢流入田畴，流入小河。“半醒半醉日复日，花落花开年复年。”在四季的循环里，雨水这个带着灵气的名字，伴随着我们直到海枯石烂。

惊蛰

吹面不寒的风里带着一股泥土的清香，地里的麦苗呈现一派青绿色，成片的油菜飞快地往上长，在春风里摇曳出一片妩媚。放眼望去，四周原野上都是一片生机盎然的绿色海洋，岁月里有了惊蛰，便有了万物复苏和鸟语花香。

“过了惊蛰节，锄头不停歇。”春潮涌动中，闲了一冬的农人在田野里准备着一年的农事。惊蛰过后，繁忙的春播就要在漠漠的田畴里拉开帷幕，那时田间地头处处是农民忙碌的身影。

在闽北民间，惊蛰还有吃笋饼的习俗。村民在惊蛰这天要在家中烙米饼，即把大米磨成浓浓的浆，锅烧得热热的，放上油，然后泼一碗米浆，用锅铲抹平，等米饼边上圈起后翻面继续烤，直到烤熟后，起锅。吃的时候，趁着热包上早就炒好的笋丝，米饼的柔软绵糯加上笋丝的脆香，真是美味无敌。

据说这样吃一是为了祈求今年风调雨顺、稻谷丰收，二是吃了米饼后能身体健康，很少生病。因为笋类含有丰富的植物蛋白和膳食纤维，不仅是蔬菜，还是良药。医书记载，冬笋味甘性寒，具有“利七窍，通血脉，化痰涎，消食胀”等功能，乡民们选择在这天吃笋饼是很有养生道理的。这也是乡民对笋，对惊蛰这个节气的执念与热爱，相信这种习俗将会生生不息地传承下去。

春分

春分是春天最明媚的日子。在古代，皇帝在这天祭祀时要奠玉帛、礼三献、乐七奏、舞八佾，行三拜九叩之大礼。

闽北人一到春分时节，妇女儿童会挎着篮子，嗅着春天里的清新空气，顺着旷野里无数的野菜，投身到大自然的怀抱里去。她们在田间地头里与花草同缠绵，与天地共呼吸。最得意的莫过于篮子里收获着的满满幸福，这是同古时文人墨客和现在都市人旷野里行走时截然不同的另一种踏青方式，实乃人生中最难忘、最快乐的一件事。

“春光暖，菜羹香，读书滋味长。”这样曼妙的日子里，只需一份感知心灵的恬淡，去读懂书本与日子，再以一颗感恩的心去盈怀一份洒脱来唯美自己，让温润的心在一曲柔情中微微浅漾。

春分时的自然界，所有生命都有了无限的勃勃生机，勤劳的农人早已摩拳擦掌，手握锄头在田地间挥舞着，播种着一年的希望。天空中，原野上，树林里，到处都有鸟儿在歌唱。当然最生动的，还是那份满满的春色。总有那么多的野花，那么多的野草在为各自卑微的生命而灿烂着。置身于这样的世界，所有的红尘负累、人情冷暖都会烟消云散。

清明

春分一过，原本不时阴沉的天空，眨眼就如春笋般渐渐拔高了。天空一片纯净，闪烁着悠悠的蓝光；小溪也清清的，照见岸边的嫩绿的垂柳，也照见正飘着一小朵、一小朵白色茸花的杨树；麦田里的麦苗已经返青，小鸟也忙着搭建自己的巢穴。此时，新生的希望在世界里滋生着，膨胀着，向农人预示着可以播种了。

于是农人们就说：“清明前后，种瓜点豆。”休养了一个冬天的人们，劲头大都足足的，他们精心挑选一粒粒饱含着希望的种子，埋进了淋透了春雨的土壤里。这些种子一接触地面，就心花怒放起来，鼓着劲儿向上长，嫩嫩的芽儿，脆生生的，让人喜欢得不得了。

漫山遍野的野菜，如苦菜、蒲公英、野韭菜、百合、竹笋等，都互相攀比着，一个劲儿地往上长——种类可以说是应有尽有。此时行走在乡间，到处可以看见提着竹篮、背着竹篓的山民，或在地头采野菜，或在山间拗竹笋……这些来自山野的质地纯净的蔬菜，从前是上不了台面的，是被人看不起的，现在竟然成了让人津津乐道的美味佳肴，被端上了大酒店的餐桌。

清明，和蒙蒙细雨有关，和凄苦思念有关。在这一时节，人们总是会想起自己的祖先。可以说，清明是活着的人与死去的亲人的一个约会，是天上人间的一次相聚。这是古人给予我们的一个庄严的尽孝仪式，是为了让子孙后代，无论走到天涯海角，也要记住自己的根在哪里，故乡在哪里，也要情系乡土，永不忘本。

扫墓是清明节的重头戏。在闽北人的清明节扫墓活动中，是少不了清明粿的。用清明粿当祭品，除了表示对祖先德泽的感念，还表示对亲人的无限哀思。

清明粿不单指某一种粿种，它是鼠曲粿、艾粿和金樱子花粿的统称。据说闽北的先人在遭逢春荒时，常采鼠曲草、艾草、金樱子花拌其他杂粮吃或单独吃，借此求生。演变至今就成了一种美食。

每逢清明时节，家家户户都会早早地让村妇和小孩挎着竹篮，背着竹篓，到田野上寻找灰白色的鼠曲草和充满清香的艾草。他们将采摘下来的鼠曲草或艾草和着糯米搓捏成小猪和兔子的模样，待到清明当天，和其他祭品一起带到坟头，用来祭祀祖先。

节日与节气相吻合的，也只有清明了。古人选在这个季节祭祀祖先，大概是因为这个季节正是生命蓬勃昂扬的时候吧。而只有记住逝去的先人，才能传承大地的希望！

谷雨

谷雨一来，春天就要走了！所以在谷雨这个气节里，要赶快饮尽日子里的春色，不要再沉溺于春的怀抱，不愿离开了。

谷雨这个多情的时节，是由布谷鸟儿叫醒来的。此时岁月稠了一场轰轰烈烈的劳作，日子挽了一春平淡但丰腴的希望。在这段拈了太多梦想的日子里，人们怀着红烈烈漫山杜鹃花般的心绪，尽情地把心中的思绪种下，巴望着迎着风儿飞舞着的庄稼能长出滋养生命的食粮来。

长在四月的谷雨，长在草长莺飞里的谷雨，储存了大量欢愉因子，山村的村民在田野里忙碌，他们宛若踏过草木年华，踏上元曲里的平仄婉丽，这里的一溪一河，一草一木，都充满了灵性。农人勤劳的双手，默默地耕耘着自己的生命之田，连同春天的鸟鸣，一粒粒，一颗颗，撒播在泥土里……

祖祖辈辈在田野里生活的农人，从事着一季又一季的劳作，收获着一茬又一茬的梦想。他们知足而惬意，因为日子里有金灿灿的稻谷在微笑，那微笑如漫天霞光似的绚丽。

历经千秋万代的谷雨啊，我们别无所求，只向你祈求一个五谷丰登的收成和天荒地老的富足。

立夏

立夏是夏季开始的标志。这一天，古代帝王要率文武百官到京城南郊去举行迎夏仪式。君臣一律穿朱色礼服，配朱色玉佩，连马匹、车旗都要朱红色的，以表达对丰收的企求和美好的愿望。在民间也一样重视立夏这个日子。在民以食为天的国度里，一到立夏这天，家家户户都会做上一大锅米粿，村子里一片粿香。

俗谚说：“吃了立夏粿，就要拧大腿。”意思是从立夏这天起，农民就要开始下田做重活了，也就是说，真正的农忙来了。

立夏以后便是炎炎夏天，为了不使身体在炎夏中亏损消瘦，立夏应该进补。我们这儿把立夏吃粿称为“钢夏”，意思是要像打铁匠给他的刀具加上钢一样给自己身体进补，让自己增加一些力气，好干农活。从“吃了立夏粿，就要拧大腿”这句俗谚来看，立夏粿还有农人自己犒劳自己的意思。

据说，立夏吃粿除了进补，还有一种愿望就是祈求身体健康无恙，防止生病，顺利度过炎热夏天。

小满

气温渐渐高升，当太阳到达黄经六十度时，小满节气就到了。欧阳修还特别为小满写了一首诗：“南风原头吹百草，草木丛深茅舍小。麦穗初齐稚子娇，桑叶正肥蚕食饱。”意思是夏季的风吹动原野上的各种野草，就在那草木丛深之处可见到那小小的茅舍。近处麦田那嫩绿的麦穗已经抽齐，在微风中摆动时，像小孩子那样摇头晃脑，娇憨可爱；而桑树上的叶子正长得肥壮，可供蚕吃饱。对于农家来说，他们盼望的是当年收成如何，为能有个丰收年而高兴……

小满，是指自然界的植物已经长得丰满茂盛，是释放生命最初气息的时节。这时，田间小麦上浆已满，收获的希望也沉甸甸地藏在人们心中。人们期待着小满过后，等到麦子成熟了，遍地都是金光灿灿的景象。所以小满是个让农民快乐而得意的日子！

一种特异的气息弥漫开来，那份对小满节气的欢喜之情，在这个季节里飞扬起来。这时，挂在墙上有点生锈的镰刀醒了，村子里到处都可听到“沙沙沙”的磨刀声……镰刀下饱满的麦粒散发出特别的清香，这香在梦里起起伏伏，饱含着农人们对幸福生活的向往。

大气的小满用豪迈的步履走进麦浆飘香的田畴，走进每个村民的碗里，舌尖上的美味，在小满节气里弥漫。一床满满的松糕，那份甜蜜与柔软，那种酥心的惬意，贯穿了小满的日与夜。一个个包着梧桐叶的麦粿，把前世今生的麦粒之香注入美满的日子中来。

小满，从远古的农耕文明走来，在金灿灿的麦田里，一浪连一浪地迎接着它的到来。小满，不仅是植物的丰满，也是农人精神和食物的丰满。

小满是个饱满的季节，它还告诉人们，人生许多事都无须太满。聪明的古人在给这些节气起名时就写得明明白白：小暑后面是大暑，小雪连着有大雪，小寒之后要大寒，可小满过后呢？则不要大满，过盈则溢，只需小满即可！

芒种

每到芒种时节，村民就会念念有词地说：“芒种，芒种，忙忙种！”从村民的这句简单口语中我们知道，芒种不像一些悠闲的节日，芒种的到来，意味着农事已经进入高潮。

《月令七十二候集解》上说：“五月节，谓有芒之种谷可稼种矣。”也就是说芒种有两种含义：一是这时节的麦类等有芒作物已成熟，田野间呈现出“东风染尽三千顷，折鹭飞来无处停”的景象；二是人们要在这个时候忙于夏种。

农耕社会里，一切劳作都靠农民的一双手，所以芒种前后，农民要抢在这个季节里收割麦子、插秧，种上花生、大豆、棉花等作物。

在这样的日子里，农民总把时间安排得满满的，他们不能因误地一时，而让地误人一年呐，要知道，一家老少的吃喝穿戴都在眼前的土地上！

芒种时节，时间都是在“收”与“种”的转换间度过的。行走在乡村的小道上，抬头望去，广袤的田畴里处处可见忙碌的身影，那些背负着幸福和希望的农民，有的在收获一粒粒金子样的麦粒；有的在奋力挖地、犁田犁地……

这天，年老的村妇会在家里做些黑乎乎的麦粿，蒸一碗白如玉的米饭，作为祭祀供品。她们会在自家的厅堂上点上香烛，烧几张黄纸，用来祈求今年五谷丰登、家人平安。

夏至

夏至这天，北半球各地的白昼时间达到全年最长，所以在当地有句古话叫作“夏至不替人”。古话里的“替人”，换成普通话的意思就是不去打工，因为这天的日子是最长的。

夏至的到来也意味着炎热的到来和梅雨季节的到来，自这天起，连暴风雨天气也会频频光顾……

此时人们摇着芭蕉扇还会大汗淋漓，于是便会开始寻找种种清凉，如喝井水，吃仙草冻、凉粉子……

到了夜晚，暑气渐退，村前的荷田披上一片银色的月光。此时，村民们有的坐在楼台上，吹着自然的山风，静静地在心中植一亩青禾，安然自在地等待秋日内心丰腴的收成；有的三五成群地漫步在荷田边的小道上，任凭柔柔的风轻抚着吹过脸颊，吹过薄薄的衣衫，随意地哼着民歌，让蛙声和动听的蛐蛐声来伴奏，这样的时光甚是惬意。

在闽北最寒冷的冬天，也就是离夏天最遥远的时光里，总会遥望那夏日的温暖与花开，期盼可以天天看见一个湛蓝湛蓝的天空。那是站在时光之外，用灵魂来感知夏日的真切，心中也悄悄地溢出一股股暖流来。

但愿夏至未至，我们年华不老，青春常在，永远活在火一样热情的季节里……

小暑

小暑，是二十四节气小字辈里的老二。《月令七十二候集解》中对小暑有这样的记载："六月节……暑，热也，就热之中分为大小，月初为小，月中为大，今则热气犹小也。"

六月天里，早晨一起来，伴着轻响的天籁，到处都显得绿意盎然。蝉儿在村头高高翠翠的大樟树上放声歌唱，蜻蜓绕着门前的荷叶飞来飞去，最后停在一朵盛开的花朵上。

小暑特有的温馨而迷茫的乡野气息，总让人沉醉。这个时候，守旧的乡村忘记了从前的羞涩，变得开放起来，他们一层层地脱去了原先的伪装。男人们早就赤膊上阵，光着大脚丫子；女人们也不甘落后，穿着薄如蝉纱的夏衣，成群地坐在亭子的风口处乘凉。劳作时也尽量避开太阳，上午早出工，早收工；下午迟出工，迟收工。

小暑里的六月六，是个关于佛教的节日，也就是晒经节。说是当年唐僧西天取经回来时，挑着经书的沙僧不小心把经书掉到河里，那经书捞起来湿湿的，就自然是要晒了，这传说听起来是那样的遥远而陌生。

在这天，还会有老年人从他们那没牙的口上无意间漏出那么一两句诸如“六月六，狗洗浴”的乡村俚语，也许这就是流传于乡间的另一种怀旧吧！

大暑

大暑，仅从字面上就可看出是炎热至极的意思。如果大暑那天天气不太热，农人们就会说“大暑热不透，大热在秋后”的谚语。哪怕是在大暑天里，田地里还会有三五老农挥汗如雨地在锄草，别以为老农不怕热，他们只是深知：只有太阳高照着的时候，锄下的野草才会被晒死。

但是正如白居易诗中写到的“何以销烦暑，端居一院中。眼前无长物，窗下有清风”。他告诉我们的是心静自然凉，遇事不生气，不要着急，要做到心平气和，从容淡定。若是在大暑天里遭遇大雨，那雨前的云起和雨后的狂野，处处都凉意丛生。

大暑更让人欣喜的是可以吃仙草冻和凉粉子，一大早起来还可以看到十里盛开的荷花，听到柳荫处传来的蝉鸣，有时还能看到“东边日出西边雨，道是无晴却有晴”的绝美景象。

每当骄阳西沉时，村庄的上空，炊烟袅袅。吃过晚饭，拿着蒲扇，携老带幼，不约而同地来到桥亭上。乡村的夏夜也最是热闹，流萤遍野，池塘蛙鸣，星空满斗，清风徐徐，亭亭的荷花与星空交相辉映，甚是迷人。农人们在湛蓝的夜幕下，尽情享受着徐徐而来的山风。白天的劳累和疲惫，都在这原始的愉悦中变成一种古朴的幸福。

立秋

记忆中，乡下立秋不像中秋那么热闹，甚至连小满都不如，小满这天每家还会蒸一床松糕来庆贺庆贺！当然，这天也有点特别，起床后，母亲或父亲会特地交代，记得不喝生水。村民们见面时也会互相提醒：“今天是立秋，记住千万别喝生水！”据说这天喝了生水，会生秋痱子。

在民间，立秋过得很平淡，但是我们的古人对立秋却是怀有深深的敬意，他们把立秋当作夏秋之交的重要时刻，一直很重视这个节气。早在周代，逢立秋之日，天子要亲率三公九卿诸侯大夫到西郊举行迎秋的壮观仪式，到了汉代这一仪式还延续着。据《后汉书·祭祀志》记载："立秋之日，迎秋于西郊……杀兽以祭，表示秋来扬武之意。"

所有的植物中，对凉意最敏感的是梧桐。"梧桐一叶落，天下尽知秋。"《花镜》上说："此木能知岁时。"梧桐每枝有十二片叶子，象征一年十二个月，如果这年有闰月，就会多长出一片。梧桐在清明节开花，如果不开花，意味着这年的冬天会十分寒冷。在院子里栽上一棵梧桐树，不但能知岁，还可能引来凤凰。

"凤凰鸣矣，于彼高冈。梧桐生矣，于彼朝阳。"凤凰是非梧桐不栖的。所以，皇宫里是一定要栽梧桐树的。有记载说，在宋朝立秋这天，皇宫里会在殿堂内摆放移栽在盆里的梧桐，"立秋"时辰一到，太史官高声奏道："秋来了！"奏毕，梧桐应声落下几片叶子，以寓报秋之意。

古人为什么要这样重视立秋呢？据说秋是有秋神的，需要重视，这位秋神叫蓐收，《山海经》上说他住在能看到日落的泑山里。蓐收左耳上盘着一条蛇，右肩上扛着一柄巨斧，耳朵上的蛇寓意着繁衍后代，生生不息；右肩巨斧说明他是个刑罚之神。故而古时处决犯人，都在秋后。

在民以食为天的国度，立秋后大家就开始贴秋膘了。从前农村的穷人，没那么容易能吃到肉。但是穷人也要贴秋膘的，他们靠什么贴膘呢？主要是瓜果。立秋后的瓜果多得很，如树上结的柿子、橘子、柚子；野生的猕猴桃、杧果；架上的南瓜、冬瓜；地上的各种豆类……瓜果虽没有鸡鸭鱼肉好吃，但也是极补的！

金黄的南瓜被切成丁，放入早米和红豆熬成粥。吃一碗嫩滑糯软的南瓜粥，那份纯正的甜蜜，是从秋天的心底里生发出的。冬瓜炖肉或煮排骨汤，也能香得让人口水直流。但农人认为最补的还要属黄豆磨成浆后加点青菜煮成的羹，他们说秋季里能吃三次豆羹，不肥也光鲜……

说到立秋，好多人觉得有点荒凉，特别是诗人笔下的秋，真的会让人感到凋敝与清寂。如：“枯藤老树昏鸦，小桥流水人家”“无言独上西楼，月如钩。寂寞梧桐深院锁清秋”“少年不识愁滋味，爱上层楼。爱上层楼，为赋新词强说愁。而今识尽愁滋味，欲说还休。欲说还休，却道天凉好个秋”。

但只有农人才真正知道秋的含义，他们明白秋是禾与火合成的，是禾谷成熟的意思。望着田野里凝结着一年血汗的果实，农人在这大自然的赏赐面前，脸上笑开了花。收获后，坐在秋天慢慢变老的时光里，农人开始尝新，随着一碗碗白米饭下肚，连那平淡的日子也丰满了起来。人在秋高气爽里，也是越来越精神，心越来越满足。

处暑

处暑，就是暑气从此去掉的意思。《月令七十二候集解》曰：“七月中，处，止也，暑气至此而止矣。”

立秋后，南方还是热气逼人的，但一到处暑，它的热量已经开始慢慢减弱了，早晚还会有凉风习习的感觉，已不再有秋老虎的威风了，让人真真切切地感到秋的到来。

当然，暑气如人一样，总是念旧的，它不甘愿这么快就败走他乡，有时在阳光的泼洒下，那看似走失的暑热又会顽皮似的卷土重来。

村前村后那些草木也依旧峥嵘着，遍地的野花儿愈发的锦绣起来。也许草木有灵，能感知到将要离开这个舞台了，所以极力地展现出自己最华美的姿容，抓紧青春的尾巴潇潇洒洒地过几天。不经意间，还会在不起眼处看到一丛雏菊竟悄然间粉墨登场了，几串红艳艳的秋果，在飞掠南下的雁阵里摇曳着。

清晨，山里的风，带着尘世的薄凉，吹到身上，不由得让人打起寒噤。

而夜晚，趋于沉静的世界，更是诗意横生。几朵秋莲在蛐蛐和一些不知名的虫子的吟唱声中，迷醉在一弯上弦月晕中，久久地回味着曾经的华丽与轰轰烈烈，而后是长久的黯然神伤。此时秋意渐渐地笼罩起她在意的每一寸土地，任秋凉一步步地深入。

多愁善感的人会感到时间的流逝，萌生出一种叫秋愁的情愫来。而更多摆脱夏日酷炙的人们，早已随遇而安，拥有了一份宁静的心灵。

处暑，如同一个音乐符号，在秋天的乐章里轻舞飞扬……

白露

在白露里，我小心地擦拭着阳光，将期盼与收获挂在果实累累的树头。

白露时，天气慢慢变冷，饱满的秋风以一种难得的强势，改变着草木瓜果的色彩。自然界里到处可见金灿迷人的景象。

红得如灯笼的大柿子，一盏盏高高挂起，照亮了山头；金黄金黄的稻谷，把有点荒凉的山垄点缀得富丽堂皇；山角落里的那棵不知长了多少年的老枣树，那些穿着红衣聚在一起的枣儿，像闪烁的红星，吸引无数孩子的到来……

嫩绿的花草，因露珠的点缀，薄雾里轻轻摇动，阳光一照，小小的露珠折射了七彩阳光，于是草丛也变得五光十色起来。在稻田收割机的轰鸣声中，院里的鲜红石榴也都咧开嘴笑了起来。

白露，肯定和露水有关，《诗经》里的诗句这么写白露的：“蒹葭苍苍，白露为霜……蒹葭萋萋，白露未晞。”

古人认为露水是天上赐给人间的珍宝，所以他们把露水收集起来用以治病，并把露水叫作甘露。秋风苇花，开始变红的乌桕叶和着飘来的一丝秋雨，醉了人生。一个白露节气甜蜜了一年的收获，一切的苦难都在这时转化成美丽。

说起白露，我们要注意日常生活上的吃穿住行，由于季节气候变化，特别要注意生冷食物，小心腹泻，穿衣时也要注意加减，睡觉也要盖好被子不要着凉……把日子过得小心翼翼点。

白露就那么轻轻地、轻轻地从睡梦里划过。一枚叶儿翩跹，一枚叶儿独舞，好像一叶纸儿写下满满的诗意。

秋分

我觉得，秋分就是让我们与之平分秋色的意思吧？

这时枯草斜阳，小桥流水，还有那冷月寒山，清江白露。一切都静静的，看上去不染一丝尘埃，能照透人心。我爱这秋的唯美。

天空蔚蓝，阳光妩媚得动人，照耀着空旷的原野。山，色彩斑斓，由火红的枫叶和金色的银杏撑起，还有许许多多不知名的杂树，杂染其中，给人一种说不出的绚烂与静美。

秋风摇曳中，飘来果子成熟的特有芬芳，沉醉中发现思绪竟固执地静默着，一动不动。

时光如水，曾经的绿叶已慢慢变黄。这样的季节，人最易多愁善感。一年年，一岁岁，如花年华在四季轮回中，悄然而逝……心底的失落，如摇晃在秋风中不肯老去的落叶，无奈地一任斑驳的阳光将其染成迷人的金色。

人和自然界万物一样，跟着岁月缓缓老去，不必忧伤，谁也无法改变，只有明白了这是一种自然规律，从最初的心情迷茫到后来的豁然开朗，卸下疲倦的心，如枝头的果实，落在地里，馨香弥散，氤氲时光。

秋天的月是最美的，带着冷冷寒意。这超越了俗世凡尘的月，饱经风霜后留下的从容与淡定，正可用淡泊的日子来封存。一路走来的岁月，都是用心的，都是值得珍惜的，没有几个人喜欢虚度光阴……

这时秋虫也开始鸣唱起来，似阵阵梵唱，又如无可安放的灵魂，找到了可以相托的方向。仿佛某个梦的渡口，停泊着如散沙的遇见，于无声处，倾听秋水长天划过心田，于无声处，缝补被世俗伤害了的伤口，让有点孤寂、有些折痕的日子，搁浅在岸边，静心守望。

人生起伏难定，那么就让有些美丽也有些沧桑的秋留在心上吧，向着美丽的方向，化沧桑为力量。在一首唱着枯落和丰满的古朴歌谣里，在浓郁与芳香里，与你，与他，平分秋色。

寒露

时光散淡，日子琐碎，不经意间，就已经到了寒露。一滴清清的露，滢滢地挂在草间，仿佛在一个回眸间翩然而至。乍起的风，飒飒响着，听来有金石之声。

寒露，是二十四节气中孤傲的冷美人。也难怪，寒露之后，繁华不再，人们的心情也从热情洋溢的秋天回到清清冷冷的日子里。那些在夏日里激情飞扬的树叶，而今却开始降落尘埃。其实“秋气堪悲未必然，轻寒正是可人天”。人们在春季播下的希望，经过漫长的等待，终于迎来收获的喜悦，寒露拔豆子，霜降挖地瓜，是劳动给了生命以最美的色彩。

寒露过后，流年的沧桑里，农人就比较清闲了，伫立于广漠的原野下，看秋收过后充满落寞与空荡的原野。春华秋实，只不过是这片土地上的一次轮回。

寒露的夜空特别清远，上面总贴浮着奇形怪状的云朵，如大河边的沙滩一般，铺陈着似有若无的心事。

落叶杉的叶子落光了，留下满地的红色；而慢性子的银杏树，却是悠悠地落下一片两片如扇子样的叶子来；小路边的草儿依旧执拗地绿着，好像这寒露与它们没有半点儿关系似的。一幅衰败和顽强、坚持和等待相互交错的图画，让人看了平添几多感慨。

风和景丽的寒露，如幽静不可测的心湖，让人对其多了些憧憬。

行走在寒露的天地间，会有细碎的声响传出……

霜降

小时候不知道霜降是一种节气，只理解为霜降就是霜落下来的意思。不过这种理解也有一定的道理，霜降一到，就真的有霜落下来。而那些落在乡村屋檐上、落在枯草尖的霜，薄薄的，白白的，像秋天冷酷的面纱，有一种无可抗拒的冷艳。

秋天里最可爱的是红得像灯笼的柿子，它们一个个得意扬扬地挂在枝头，可是经霜后，仿佛一夜间，就沧桑了许多。那些曾经的光亮，被隐去了一些，原先鲜亮的皮，也皱了起来，且多出了些许白霜。

还有柿饼，它的身上布满了白色粉末，这种落了霜的柿饼，常被作为一种中药来吃。比如谁吃多了，觉得气闷，只要找几块落霜的柿饼吃下去，郁结在心间的那股闷气马上就畅通起来。

还有一种灌木上长的野果，我们叫它冬须子，一定要打过霜才能吃。如绿豆大的紫红色小果上，布满一层白白的霜。因为小，吃时总是一捧一捧地往嘴里送，酸酸甜甜的，真是好吃得不得了。

最著名的与霜有关的植物，要算“霜叶红于二月花”里的红叶了。它们用热情奔放的态度来装点秋天，若是没有霜的光顾，也许好些红叶永远都红不起来。迷人的秋色，因为有了红叶的装点，才显得五彩缤纷。

有霜的日子，清早起来，青青叶片上一层白霜冷冷的，会让人有一种素净的感动。其实，秋的丰富多彩和色调的不断变化都是霜的功劳，只有霜才能使秋日更加成熟；只有秋才能使自然万物由青变绿，由绿变红，由红变成铺着霜的白。还有那傲霜的菊，也正是在“月落乌啼霜满天”的时候“佳色含霜向日开”。

霜降时，最凄美的是落叶，当风中或纤细或颀长的叶片从高高的枝上缓缓落下时，一场霜落，让树上那些看似无所依附的叶寻到了根……

望一望在氤氲中的晨光，收割后的庄稼地，一片的白色朦胧，那可真是“秋鬓含霜白”，有点儿说不出的况味。

霜降的霜，真是个好东西。霜呀霜，叫你一声我感到浑身清爽、舒坦！

立冬

立冬也就是冬天到了。当初冬悄无声息地莅临时，天空常是朦胧的，放眼望去，却看不清远处。在这种灰暗色调里，世间万物都隐藏起了锋芒，让人有种无法释怀的怅然，心里沉甸甸的。

也许是因为这种对冬的恐惧吧，于是在民间有立冬补冬之习俗。这天，他们要杀一只大公鸡或是买一只猪蹄炖来吃，说是只有这样才有力气抵御严寒的侵袭。人总是要学会将那些凌乱的思绪丢在身后，哪怕尘世变得越来越薄凉，只要心安，心情就会温暖舒适。这样的话，面对寒冬又如何呢。那北风下凋零满地的枯叶，还可以让人聆听到它飘落的声音，如一曲苍老的骊歌，一下一下叩击着心灵。

冬天来临时，不要有那么多奢望，白天在这破败的田野里劳作，阳光暖暖地照在身上，与枯草泥土拥挤在一起取暖。看那些不知名的小鸟尽情呼吸着冬日的暖阳，在地里叽叽喳喳地觅食，于是，很多冰凉的往事便有了温度。

窗帘紧闭的静谧的夜里，坐在火盆前，泡一杯茶水，拿一本书一页一页地看下去，静静地让日子从我眼底溜走。看完书伸个懒腰，拉开窗帘，外面灯火摇曳，远山在眼前朦胧成一幅静美的水墨画儿。远处突然传来寒鸦的叫声，心里头就想起了“月落乌啼霜满天”的诗句来。

无论是季节的冬天，还是人生的冬天，都是千帆过尽后的镇定，百转千回后的从容，是岁月深处的静好。

但愿严冬不寒，愿人们永远生活在阳春三月的日子里。

小雪

风沙沙地刮着，雪粒儿像沙子那般从天空撒下来，微小得近似于无。那小雪粒打得人脸麻麻的，有点儿生疼，沙沙的雪粒撒在瓦顶上，哗啦啦地响个不停，像是谁在铁锅里炒盐儿，听着这悦耳的声音，竟会让人有着一股莫名的喜悦涌上心头，这就是小雪。当地人叫它“掸子”，为什么这样叫呢？因为它就像是被掸出来的细小的尘粒儿。

当然我上面说的这小雪只是一种自然现象。今天要写的小雪，是一个节日，和小满、小暑、小寒同属二十四节气中的小字辈。

一到冬天，要想取暖，只有用火笼或火盆。白天温度尚可，待到了夜间，遇到零下几摄氏度的时候，屋里、脸盆或水缸里的水都冻成了冰，这时只能蜷缩着躺在被褥里，用自己身上的热气去把席子焐热，但睡到半夜醒来时，仍感觉自己的脚冰凉的。

但就算是这样，靠天吃饭的善良农人还是希望多下几场雪的。这是因为深深的积雪会将地里的害虫无情地冻死，而雪后的土地又像是盖了层厚厚的棉被，雪融化后会把泥土浸润得很深，来年的农作物也会长得更旺，收成也会更好些。

山野里忘记了风花雪月的梅，在一片荒芜中，竞相绽放，虬枝上的花瓣托举起生命的顽强，留下一地的馨香！

在野孩子的眼里，下雪天可以看到广漠大地穿着白白厚厚的新装，更能得到玩耍的乐趣，他们可以堆雪人、打雪仗……

忽地，天比以往都亮得早了些，窗外照进来的光线白得刺眼，屋门拥不开，才知道夜里下大雪了。这雪悄无声息地应了节气而来，多少承载了冬日的盛情。

大雪

大雪，给人一种大气、纯洁美好的印象。《月令七十二候集解》说：“大雪，十一月节，至此而雪盛也。”

在这时农人总是期望着天空能够大雪纷纷，满眼尽是银装素裹，因为“瑞雪兆丰年”呐！

大冬天里，有时是会下雪的，但在闽北这个温暖之地，是看不到小雪封地、大雪封河这样绝美的景色的，更不会有“千里冰封，万里雪飘”般壮观的画面。

寒冷的风从山头吹进各个角落，对于大雪这个节气，没有相关的美食让人品尝或想起。

好在这样的雪季里，时常能偶遇一场或几场飘飘扬扬、潇潇洒洒的雪，它总是在人们期盼的目光里，在空中尽情地飞舞着，是那样洁白，那样轻盈妩媚。

若是行走在雪上，“咯吱——咯吱——”的美妙声音，像一首富有节奏和韵律的小提琴曲儿，在旷野里演奏着，弹唱着……

在漫漫冬夜里，我更喜欢读一些有关雪的文字，想象着作家们过着一种与我们凡人不同的银碗里盛雪的日子，记起一些有关雪的点点滴滴，以前在大雪的天里，围着火盆看父亲喝着温在石锅里的红酒，是多么有意思的事情啊!

在这清寂疏朗的季节，最需要一些温暖的歌声来打发无边无际的萧瑟与空旷的，那么就抱着火笼坐在楼头，看满眼的洁白，听一首写着白雪的歌，那雪落的弦歌，听着听着，心里竟会产生一种无名的孤寂和清冷来，感觉到些许落寞……

夜晚，从每户人家窗子里透出来的一盏盏灯火，也许那些灯光下，坐着不少的人在听故事。夜深人静里，听故事和讲故事的人都忘记了时间，就那样跟着生动有趣的故事穿过寒夜，抵达天明。

纷纷大雪，覆盖了大地，也覆盖了经年。当温暖的太阳冉冉上升时，如人们的笑颜，绽放在晴朗的天空中，那一束束火红色的光线从高高的天空开始降临人间，雪开始融化，大地呈现出真真暖意，驱逐覆盖在冬日里的阴冷与空虚。给人们的心里带来无限的光明……

冬至

节气如挂在季节枝头上的一朵朵花儿，到了一定的时候就会盛开，冬至就是二十四节气中的一朵。

冬至在闽北这里被叫作冬节，是中华民族的一个重要的传统节日。早在两千五百多年前的春秋时代，中国就已经用土圭观测太阳，测定出了冬至，它是二十四节气中最早制定出的一个。

在盛产稻谷的闽北，在冬至这天，家家户户都是要吃汤圆的。古人认为自冬至起，白昼一天比一天长，阳气回升，天地阳气开始兴做渐强，代表下一个循环开始，是大吉之日。

都说冬至大如年，在这大吉大利之日，乡民们是要庆祝一番的。拿什么来庆祝呢？在盛产稻谷的闽北，等到冬至这天，家家户户都以吃汤圆来贺冬……

快到冬至时，家里的男人就要把秋收得来的上好糯谷挑到水碓里碓成白白胖胖的糯米。

到了冬至前夕，主妇们就着手准备做汤圆了。她们先把糯米浸上清水，直到糯米发白变软，再用石磨磨成米浆，磨时在磨口处套上一个白布袋，让浆水流进袋子里。磨好后，把布袋口扎紧，掀起上面一片磨盘，将装满米浆的布袋压上那一片石磨，挤去水分，使之成为固体的米面。天还未亮时，妇女们早早起来，把它搓成一个个如鸽子蛋大小的圆仔，放在一块干净的米筛上。然后开始生火，此时村落里炊烟四起，炊烟轻如缦纱，迷蒙了瓦楞上的一片洁白；鸟儿也开始叽叽喳喳地在院落中的树枝上盘旋，迎接着冬日阳光的升起。

水滚开后放入汤圆，几滚开水过后，那些原本浮浮沉沉的汤圆，全都漂浮在热气腾腾的水里，好像岁月河面上的一枚枚玉珠儿。

煮熟的汤圆捞起后，放红糖的叫金圆，放白糖的就叫银圆，它们代表着金银满仓的意思。到了晚饭，再放上大蒜、白菜、瘦肉和着汤圆去煮，当大锅里冒起了热腾腾扑鼻的汤圆香时，仅吃上一个就能让人回味无穷。这冬至的汤圆就是农人辛勤劳作后最美的回报。

煮好的汤圆要先敬天、敬神、敬祖宗，再合家围在一起和和美美、圆圆满满地吃汤圆。

“夏至不替人，冬节不找伙。”（意思是说夏至这天日子最长，不去帮别人做事；冬至这天日子最短，不去找人来帮工）乡民的一句话就把一年中最长日和最短日都说得明明白白。

在距离太阳最远的冬至之日里，在万物凋零、寒风凛冽中，人们穿着厚厚的棉衣，过着有些臃肿笨拙的日子，在一个个白白胖胖汤圆的滋润下，心里却温暖如春。

小寒

小寒，听起来是有些小觑了的，小寒的威力不小呀，古语里就有小寒胜大寒之说，标志着小寒是一年中最寒冷的日子了，往往在小寒时节，能把人冻掉一层皮。且看一阵阵肆虐的风成天地呼啸着，似乎要把原野里的树木野草都扫荡干净。

村子四周，放眼看去也是一幅山寒水瘦、浓云密布的萧瑟景象，这就是自然界的冬藏了。小寒节气里，农作物早已收藏起来，人们没什么事也不大轻易出门，这也许就是古人所说的藏吧！

小寒的清晨有时却是孤寂的，哪怕是没有雪的覆盖也觉得异常的冷。早早起床去劳作的人还是很少，就算把自己捂得严严实实，还是瑟缩着身子。老年人在这个时候也大多都提着火笼。

一派肃杀之气的小寒，其实也在悄悄地孕育着生机。那些曾经南迁的大雁，已经积蓄能量，开始北移，它们飞在空中，不时发出高兴的呀呀叫声。虽是深冬季节，看到这些，却让人感到一阵温暖……

天空人字形的雁阵告诉我们，尽管小寒过后有大寒，但是不用担心，不用害怕了，因为温暖正在逐步回升。

小寒时节正是人们锻炼身体的大好时机，另外小寒还是“进补”的最佳时期。看看小寒，想想古人给节气起的这些名字，真的很是佩服，他们在没有先进科学技术的情况下，只是凭着经验就能把一年中的二十四节气估算得如此准确。

大寒

大寒是全年二十四节气中最后一个节气，意为天气寒冷到极点的意思。大寒时，总是伴着天寒地冻。从远古时代走来的大寒，是“三九四九不出手”的日子。

无处不在的寒冷，在原野、山林、河流肆虐着，严霜把草木打得无精打采。那些犹如仙女下凡般的白雪，随时会飘飘而来，洋洋洒洒，她们沿着大山小河无声地飞，飞到老屋屋顶，飘到稻草人的肩上。藏在屋檐下的麻雀吱喳一声，探出头衔住一片雪花。感受新春气息的梅花也在雪地上，洒满了一地的梅香……

它肆无忌惮地把多彩世界变成冰天雪地，让万物为之胆寒。那种直入骨髓的冷，能将各种害虫统统冻死。在大自然带来的寒冷面前，励志的人们在对待这恶劣的气候时，就像接受人生的起起伏伏一样，把寒冷当补药。因为人生只有经历过严寒才能迎接春天。

大寒的夜晚，星星寒光四射，月亮寒气逼人，落光了叶子的树和依旧绿得不成样的树们都同心同德地缄口不语；村庄匍匐在霜雪之下。这个时候不论是村庄、树木还是人，都懂得苦尽甘来的寓意，大寒冬尽，春暖花开。

伫立大寒中，让一颗心在寒冷里沉醉。这时节，正适合读书，用情愫与温柔驱除心中的寒冬。与文字相伴相拥，一起看霜花飞舞，听落雪簌簌的美妙声音，把生命的故事书写，这生活是何等的惬意迷人。

大寒了，浓浓的年味也如期而至了。走在村子里，飘过来的是带咸味的腌制腊肉的香。大寒时节，远行人总是梦见老家灶前头挂着的串串腊味儿，那是家乡在呼唤游子，快快回来吧！

于是他们握一把阳光，乘一叶小舟，从漂泊的远方开始回家。

在東洋

去种一棵树